아침 산책길의
1분 데이트

아침 산책길의 1분 데이트

1판1쇄 발행 2021년 10월 20일
지은이   조순영
발행인   이선우
펴낸곳   도서출판 선우미디어
            등록 | 1997. 8. 7 제305-2014-000020
            02643 서울시 동대문구 장한로 12길 40, 101동 203호.
            ☎ 2272-3351, 3352 팩스: 2272-5540
            sunwoome@hanmail.net
            Printed in Korea ⓒ 2021. 조순영

값 13,000원

ISBN 978-89-5658-680-9 03810

조순영 수필집

아침 산책길의
1분 데이트

선우미디어 sunwoomedia

2008년에 『어머니의 열쇠』를 출간한 지 13년 만에 『할머니가 쓴 세쌍둥이 육아일기』와 이사 오기 전해에 『오래된 나의 정원』을 냈습니다. 용인으로 이사 온 이후의 삶을 소재로 내 번째 작품집을 출간하려고 합니다.

이사 온 후 한동안 적막강산, 친구도 없이 지냈습니다. 게다가 코로나로 인해 아침 산책 말고는 집콕 생활만 하면서 삽니다.

다행인 것은 3년째 일주일에 한 번 J선생님께 글공부를 하러 다닙니다. 그날이 그날인 삶 속에서 그나마 글을 쓰지 않았으면 어땠을까 생각하면 아찔합니다. 일주일에 한 번 만나는 선생님과 글벗님들 덕분에 외롭지 않게 지내고 있습니다.

옆에서 마음의 의지가 되는 큰아들 내외와 네 녀석의 손자가 든든한 배경이 됩니다. 언제라도 도움을 받을 수 있으니 이 또한 행복입니다. 타지에 살면서 한 번씩 찾아주는 작은아들네와 딸네도 큰 힘이 됩니다. 친손주 외손주가 모두 손자만 있는 우리 부부에게 새해 들어서 작은아들이 손녀까지 낳았으니 집안의 큰 기쁨입니다.

코로나로 인해 비록 전화나 카톡으로만 만날 수밖에 없는 소수의 친구와, 어릴 적 친구들과의 관계가 깊어진 일도 지금의 나를 행복하게 합니다. 개미 쳇바퀴 돌 듯하는 한정된 공간이지만 그들과의 깊은 대화는 오랫동안 잊고 살았던 어릴 적 추억 속으로 돌아가게 하였고, 비대면이지만 새로 시작한 트로트 가요가창학 13기 회원들과의 만남은 느지막이 찾아온 또 다른 삶의 활력소입니다. 비대면으로 만나는 새로운 벗들, 전국 각지에서 모인 친구들은 희망이 없는 시기에 새 만남은 또 다른 문화이며 희망의 불씨입니다.

공포로 시작된 코로나19 팬데믹이 1년이 지나면서 생활적 내성과 견디게 하는 힘도 생겼으니 불운이 불운으로 끝나지만은 않는다는 것도 새로 알게 되었습니다.

날마다 나는 왜 이런 글밖에 쓰지 못하나 자책을 하면서도 글쓰기를 그만두지 못하는 것은 그만한 가치가 있을 것 같습니다.

칠십의 중반에 네 번째 수필집을 펴내면서 많은 생각을 합니다. 한 번도 경험해 보지 않은 코로나 세상을 살면서 가족의 소중함과 친구의 소중함, 즉 인연의 소중함을 깊이 느낍니다.

새로운 세계에서 그동안 느꼈던 소소한 일상의 소중함과 자연을 가까이하면서 느낀 점들을 한 권의 책으로 묶어내면서 그동안 살아오면서 느낀 삶의 단면들을 인생을 정리하는 의미로 삼으려 합니다.

그동안 가까이에서 옆을 지켜주는 길동무와 자식들에게도 고마운 마음을 전합니다. 자유롭게 당신의 일을 하더라도 집에는 늦지 않게 들어오라는 남편의 믿음도 고맙습니다.

늦게 배우기 시작한 트로트도 어렵기가 한이 없고 비대면이지만 13기 회원님들과 함께 할 수 있어서 위안이 되고 희망이 됩니다.

고향 선배라면서 따르며 나의 첫 작품집부터 네 권의 작품집을 펴내기까지 애정으로 대해 주고 이번에도 예쁜 책으로 엮어주는 오랜 인연 선우미디어 이선우 대표에게도 깊은 감사를 드립니다.

2021년 6월
조순영

차례

4 풀뽑기

1

길 위에서

코인 노래방

나는 오늘도 코인 노래방에 간다.

외로운 영혼이 위로받기에 그만한 장소가 없다. 두세 사람이 들어가면 딱 맞을 좁은 공간이 주는 기쁨은 어떤 고대광실에 비할 바가 아니다. 노년에 이른 사람부터 어린이들까지 쉽게 갈 수 있는 만만한 공간이 거기 빼고는 쉽지 않다. 주머니 사정 살피지 않고도 갈 수 있으니 부담이 되지 않아서 좋다. 초등학교에 다니는 아이들이 친구들과 함께 노래를 부르거나 청소년들 가족이 함께 노래 부르는 모습을 보면 덩달아 내 기분이 좋다. 때로는 나처럼 혼자 노래를 부르는 모습도 심심치 않게 보면서 위로도 받는다.

삼 년 전 겨울의 한복판에 아들네를 따라 이곳 수지로 이사왔다. 서울 북쪽에서 결혼 전부터 붙박이로 살았는데 막상 낯선 환경은 나를 받아주지 않았다. 내 마음에는 겨울 한파가 휘몰아쳤다. 남편은 날만 새면 탁구 동아리가 있는 서울로, 수지구청 복지관으로 바람처럼 날아가 버리고 나면 집에는 나만 덩그러니 남는다.

　그날도 내 방에서 아래를 내려다보니 흙길로 된 솔밭공원이 온통 백색으로 뒤덮여 있었다. 집안도 바깥도 오직 흰색이다. 사계절 중 설경을 가장 좋아하는 나는 마음이 사르르 녹았다. 환상적인 그 눈밭에 서 있는 나를 사진에 담아 달라고 남편에게 부탁했는데도 들은 척도 하지 않았다.

　서운한 마음을 안고 서울에 다녀오다가 가족 카톡방을 여니, 남편이 시제에 참여하여 옥색 도포를 새신랑처럼 갖춰 입고 찍은 사진과 나란히 올려진 그 날의 풍광 사진이 가족의 환호를 받고 있었다. 속이 뒤집혔다.

　"살아 있는 아내 마음 하나 살필 줄 모르는 사람이 때마다 시제에 가서 조상님께 제를 올린들 무슨 의미가 있으며, 사람도 없는 빈 공원을 찍어서 올린들 기쁠 일이 무엇이냐?"고 댓글을 달았다. 그랬더니 갑자기 찬바람이 쏴아 하고 불었다. 아이들이 집안 분위기를 간파했나 보다. 그애들이 아니면 누가 내 마음을 알아줄 것인가. 나에게는 자식들이 힘이다. 그렇더라도 내 아이들을 때 없이 만날 수 있는 것도 아니다. 딱히 위로받을 곳 없이 의미 없는 하루가 흘러갈 뿐이다.

　새벽마다 집 뒤 솔밭공원을 걷고, 매체를 통해 진행되는 몇 개의 음악 프로그램이 그나마 위로가 되었다. 노래는 내 심중의 애환을 고스란히 담고 있다.

어렸을 적부터 가장인 어머니 대신 집안일은 내 몫이었다. 어머니인들 홀로 자식 넷을 키워내기가 만만했겠는가. 나는 어머니를 기쁘게 해 드리기 위해 공부도, 집안일도 열심히 했다. 밥을 짓고 청소를 하면서도 노래를 흥얼거렸다. 어린 나이에 무슨 한과 슬픔이 그리 많아서 노래를 흥얼거리길 좋아했을까. 솥이나 냄비 등 부엌살림을 반짝반짝 윤이 나게 닦고, 빨래와 밥을 지을 때 노래를 흥얼거리면 전혀 힘든 줄 모르고 일할 수 있었다. 어려움 속에서도 노래가 내 생활의 활력소였나 보다. 늙어가면서도 혼자 있을 때는 노래하면서 나를 달래며 살아왔다.

이 나이에 낯선 곳에서 느끼는 외로움을 달래는 데도 노래 만한 친구가 없다. 오다가다 코인 노래방을 보면서도 감히 들어가 볼 생각은 하지 못하다가 그날은 용기를 내서 갔다. 혼자서 노래를 부르고 났더니 쓸쓸하고 허전했던 마음이 개운해졌다.

집으로 돌아오는 길에서 만난 며느리가 어디 다녀오느냐고 물었다. 코인 노래방에 가서 노래를 부르고 온다고 했더니 깜짝 놀라서 삼둥이도 코인 노래방에 갔으니 어머니도 한번 가 보시라고 했다. 나도 모르는 사이에 또다시 그곳으로 갔다. 아이들이 부르는 노래 대부분이 듣도 보도 못한 노래였지만, 〈개똥벌레〉와 〈초록빛바다〉로 시작되는 동요도 불러서 반가웠다. 손자들과 한층 친해진 느낌이었다.

처녀 적에 가수를 꿈꾸는 여동생을 말려서 노래를 못 하게 한 적이 있다. 혹여 그 세계에 발을 잘못 들여놨다가 인생이 꼬일까 염려가 되었는데 그때만 해도 나는 그녀의 정신적 보호자였다. 그 후 각자 결혼해서 살지만, 그 끼는 어쩔 수 없었나 보다. 그녀가 언제 기타를 배웠는지 이제는 봉사하면서 살고 있다. 나는 결혼하기 전 가족을 위해 취미생활 같은 건 다 포기하고 직장에만 다녔는데 그녀는 피아노와 스케이트 등 나름 배우고야 마는 자신 계발은 포기하지 않았다.

이제 와 생각해 보면 자신의 끼는 언젠가는 그 끼를 발휘하는 것 같다. 칠십에 나는 가곡을 배우고 하모니카를 불고 있지 않은가. 그때 내가 그녀를 막지 않았다면 어쩌면 가수가 되어있을지 모를 일이다. 생전에 몸이 날렵해서 나비라는 별명을 지닌 어머니의 끼를 우리 자매가 물려받았나 보다.

"모든 것은 제각기 아름다움을 지니고 있으나 모든 이가 그것을 볼 수는 없다."라고 공자는 말하지 않았던가. 그러면서도 인생을 즐기며 살라고 가르치셨다. 누구나 자신이 하고자 하면 못 하는 일이 없지 않을까. 노래는 세대를 초월해서 사람을 가깝게 하는 묘한 힘이 있다.

내가 코인 노래방에 가서 노래를 부른다고 하니 남편이 처음엔 별로 신통치 않게 생각했다. 그런 그가 지금은 코인 노래방에 먼저 가자고 앞장을 선다. 내가 무슨 일을 시작할 때 처음에는 심드렁한 반응을 보이던 그이지만 시간이 지나고 나면 어느새 나를 따라 한다.

아니 오히려 나보다 더 즐긴다. 오래전 북서울 꿈의 숲에서 내가 가르쳐 준 〈우중의 여인〉이 그이의 애창곡이 되지 않았던가. 오늘도 지방으로 시제에 다녀온 남편은 피곤하련만 노래를 부르러 가자고 재촉한다.

남편과 취미생활을 함께 하는 게 평생의 소원이었던 나는 생각지도 않은 곳에서 꿈을 이루게 되었다. 처음 이사 와서는 늦잠을 자던 남편이 지금은 나처럼 새벽 산책을 하는 것도 큰 변화다. 우리 부부는 또다시 꿈을 꾼다.

어려움 속에서 살다가 바닥을 치면 비상할 일만 남는다더니 우리 부부 사이도 지금 그런 상태가 아닐까. "팔십이 넘어서까지 따뜻한 아내 밥을 먹을 수 있다는 것이 얼마나 큰 복인지 모른다."라며 유쾌하게 웃으시던 초등학교 때 은사님 말씀이 들리는 듯하다.

11월의 노래

코로나19로 아무것도 못 하고 마음만 부산한데 벌써 11월의 끝자락에 와있다. 113년 만의 가을 폭우가 나라 안을 온통 휘젓고 지나갔다. 따뜻했던 날이 바로 여름 폭우처럼 온 나라 안을 휘몰아치더니 다음 날은 겨울 한파처럼 찬 공기가 천지를 뒤덮고 있다.

나뭇잎들이 떨어지고 앙상한 나뭇가지 사이는 헐렁하다. 얼마 전까지만 해도 눈 앞에 펼쳐지는 단풍잎들이 만산홍엽으로 눈부셨는데. 형형색색의 단풍잎들이 꽃잎처럼 바람에 흩날린다. 모퉁이를 돌아가다 보면 약간 경사진 언덕이 나오고 울타리 벽을 감싸고 있는 대나무 숲은 쏴아 하고 바람을 일으키며 저희끼리 몸을 비비며 푸른 기개를 자랑하고 서 있다.

아들네 집으로 가는 오르막길과 내가 사는 아파트 주위에도 대나무 숲이 무리를 이루고 서 있는 모습이 청년을 보는 것 같아 여간 든든하지가 않다. 그런가 하면 햇빛을 받고 서 있는 나무들은 군데 군데 단풍 든 잎들은 어찌 그리도 저마다의 빛깔로 곱게 물들어 있을까. 오월쯤 하얗게 피었던 이팝나무의 꽃들은 어디로 가고 연한 파스텔톤의 나뭇잎들을 달고 하늘을 향해 손짓하면서 한들거리고서 있을까.

깊어가는 가을날 찬바람이 휘익 하고 낙엽들을 몰고 어디론가 흘러간다. 그 처연한 모습을 바라보면 꼭 지금의 나를 보는 듯해서 마음 한쪽이 시리다.

정수장을 끼고 산길을 걷는다. 정수장 주위에는 편백나무 숲이 청청하다. 떨어지는 벚나무 잎들을 바라보며 푸른 잎을 떨궈낸 빈 들판인 내 인생을 보는 듯하다.

생전에 어머니는 단풍을 보면 자신을 보는 것 같아 싫다고 하셨다. 사람이 세상을 떠날 때쯤이면 가족이 그립고 특히 자신을 살뜰히 챙겨주었던 사람이 간절하게 생각나는가 보다. 구순이 넘은 노인이 어릴 적에 자신을 살뜰히 챙겨주었던 큰올케 언니가 보고 싶다고 나에게 털어놓으신 적이 있었다. 이승을 떠나면 만날 날이 가까움을 미리 알고 있는 것처럼 아쉬워하던 모습을 보았다. 나는 죽음이 임박했을 때 누구를 그리워할 것인가.

그 많던 새들은 어디로 날아가고 성근 나뭇가지에 지다 만 잎들이 헐렁하게 제 자리를 지키며 달려 있다. 산은 나뭇잎들을 떨쳐내고 묵묵히 나목으로 침묵을 하고 있다. 햇빛이 비치면 햇빛을 가감 없이 받아들이고 내보내기도 하고 비가 오면 비를 맞고 눈이 오면 눈을 맞으면서 자신의 소임을 다하고 있다.

　사시사철 변화하는 자연을 바라보면서 경이롭기까지 하다.

　지금은 11월. 빈 들판으로 남은 숲이 침묵하고 있다. 11월을 닮은 빈 마음으로 나는 11월을 떠나보낼 준비를 하고 있다. 나 자신이 수확을 마치고 알곡들을 떠나보낸 빈 들판인 11월이 아닐까. 나는 빈 들판으로 남은 11월이 그냥 좋다.

길 위에서

일생을 통해 그날은 나에게 있어 치욕의 순간이었다. 어쩌면 뜻하지 않은 곳에서 뜻하지 않은 모습으로 아니 만났으면 좋을 사람을 만나다니. 삶이란 때때로 심술꾸러기인가 보다.

그날도 집에서 입던 채로 아이를 업고 우리 집에 다녀가는 외사촌 오빠를 배웅하러 가는 중에 버스 정류장 근처에서 그를 만났다. 나는 너무 창피해서 어디론가 숨고 싶었다. 젊은 한때 나 좋다고 쫓아다녔던 사람을 매몰차게 떠나보냈던 내가 의외의 장소에서 정말 보이고 싶지 않은 모습을 보인 것이 나에겐 치욕이었다. 그리고 보면 사람의 일이란 어쩌면 아니었으면 하는 일이 의외의 장소에 숨어 있다가 심술꾼처럼 나타나는 것이 아닐까.

70년도에 내가 공무원 공채시험에 합격 후 발령을 받아서 얼마 되지 않았을 무렵 우리 집은 정릉에 살다가 장위동으로 이사를 하게 되었다. 이사한 첫날 집에 가려고 버스에서 내렸는데 집을 찾을 수가 없었다. 한참 개발을 하던 참이라 차편도 불편한 데다가 먼 곳에 집이 있어서 도무지 찾을 수가 없었다. 지나가던 젊은 남자에게 길을 물었다. 자기도 그 근처에 살고 있으니 자기를 따라오라는 거였다. 키는 자그마하고 얼굴은 하얗고 곱상하게 생긴 사람이라 의심 없이 그를 따라가서 집을 쉽게 찾을 수 있었다.

그날 이런저런 이야기를 나누면서 집에 왔다. 그는 자신은 H대 연극영화과에 재학 중이라고 했다. 그런데 연극영화과라는 게 나에게는 걸렸다. 아버지가 일정한 직업도 없이 술만 좋아해서 네 남매 떠맡아서 고생만 하시는 어머니 생각에, 나는 안정적인 직업의 사람이 좋았다. 그의 생각도 나와 비슷했는지 그 후로 나를 쫓아다녔다. 약속하지 않아도 퇴근 시간이면 회사 정문에서 기다리는 그와 가끔은 부딪치게 되었다. 그럴 때 나는 차를 탈 생각도 하지 못한 채 집까지 걸어오곤 했다.

나는 단순히 연극영화과에 재학 중이라는 말만 듣고 더 이상 알아볼 생각도 하지 못하고 배우라고 지레짐작만 하고 그를 피했다. 어떤 날은 책을 팔아서 데이트 자금을 마련했다는 말이 더욱 나를 그에게서 밀어내게 했다. 군인에겐 총칼이 무기이듯이 학생에겐 책이 무기인데 어쩌자고 책을 팔아서 데이트 비용을 마련할까 하는 한심한 생각이 들어서 더욱 그가 싫어졌다. 사람이 싫은 것보다 그의 어린애 같은 태도가 그를 피하게 했다.

'이해 상관없는 남자와 차 한 잔도 마셔서는 안 된다'라는 어머니의 가르침이 더욱 경계하게 했다. 그런대로 시간은 갔다. 나중에는 안 되겠다 싶어서 박목월 시인의 란(蘭)이란 시로 이별 편지를 보냈다.

이쯤 해서 하직하고 싶다/ 좀 여유가 있는 지금/ 나머지 허락받은 것을 돌려보냈으면/ 여유 있는 하직은 얼마나 아름다우랴/ 한 포기 란을 기르듯/ 아아 먼 곳에서 그윽이 향기를 머금고 싶다

더는 어쩔 수 없었던지 그도 장문의 이별 편지를 남기고 떠나갔다. 그런 얼마 후 남편 될 사람을 만나러 광화문에서 길을 건너고 있는데 그가 광화문 대로변 건널목에서 내 팔목을 잡았다. 나는 뿌리치고 뒤도 돌아보지 않고 가던 길을 갔다. 건널목을 건너서 어쩌지도 못하고 허망하게 바라보던 모습이 선한데, 그때 내가 너무 매몰차지 않았나 싶기도 해서 한편 마음에 걸렸다.

그런 후 동네에서 어떤 여자와 걸어가는 그를 우연히 보았다. 비로소 나는 안심이 되었다. 한참의 세월이 지난 후, 잊을 만했는데 그날 포대기를 둘러서 아기를 업고 우리 집에 다녀가는 외사촌 오빠를 배웅하러 가다가 또다시 그를 보았다. 초라한 모습을 보인 것이 얼마나 창피하고 부끄럽던지. 돌이킬 수 있다면 돌이키고 싶었다.

그가 속으로 '그래 네가 나를 싫다고 떠나 봤어야 별 볼일도 없으면서 그랬냐고 속으로라도 생각할까 봐 얼마나 자존심이 상하던지.

이제 칠십이 넘어서 왜 잊고 있던 사람 생각이 났을까. 지금 돌이켜 생각해 보니 그때 내가 만일 그와 엮였었다면 지금 내 인생이 어떻게 흘러왔을까. 지금 나는 현실적이고 책임감 있는 남편을 만나서 그럭저럭 살고 있는데도 시시때때로 속상한 일이 많은데, 만일 그랬다면 마음고생이 더 심하지 않았을까. 혹자는 나보고 만일 그랬었다면 살기는 더 어려웠을지 몰라도 정서적으로는 잘 맞아 어쩌면 나의 삶이 더 행복했을지도 모른다고 한다.

남편과는 친정어머니의 강력한 권유로 동네에서 중매로 만났다. 두 달 반 만에 얼떨결에 결혼해서 평생을 헛다리만 짚으면서 살아왔다. 그래도 인연이었다는 생각이 드는 건 잘 커 준 아이들이 있지 않은가.

얼마 전에도 길을 잃고 한참을 헤맨 적이 있다. 인생은 어차피 길 위에서 시작해서 길 위에서 끝나는 것이기는 하지만 나는 평생을 길치로 살고 있다. 가던 길을 가든 새로운 길을 찾아 가든, 삶은 길로 시작해서 길 위에서 마무리하는 것일진대, 평생을 길 위에 살면서도 나는 왜 길을 찾아 헤맬까.

나이를 먹는다는 것은 결국은 죽음이라는 종착역을 향한 새로운 길을 향해가는 것이다. 그 길을 가면서도 나는 길을 헤매는 영원한 길치로 남지 않을까. 그도 지금쯤 혹여 내 생각을 하는 건 아닐까.

아들과의 1분 데이트

새벽 댓바람 산책길에서 출근하는 아들과 일 분 데이트를 한다. 남편과 둘이서 아들이 지나가는 길목을 지키며 서성인다. 말이 일 분이지 스치듯 지나가면서 말 한 마디 정도 주고받는 찰나의 시간이다. 그 순간을 위하여 부부가 함께 신경 쓰는 일이 가치 있을까 하는 생각이 들어도 아들이 좋다고 하니 나도 좋다.

아들의 방에 불이 꺼지고 조금 있으면 아들이 양손을 들고 나에게로 뛰어올 것이다. 그 모습이 영락없이 대여섯 살 적 어린애로 보인다. 달려가는 뒷모습을 보면 네 명의 손자가 그의 어깨에 달린 사십 대 후반의 가장이다.

아들에게 세쌍둥이가 태어나자 자신의 꿈을 '가족의 행복으로 돌렸다.'라는 말에 내 가슴이 짠했었다. 그러나 충실한 가장의 모습이 믿음직하다. 아들이 결혼한 지 이십 년이 가깝도록 부모 앞에서 부부가 얼굴 붉히는 걸 본 적이 없다. 언제나 사이좋은 오누이처럼 오순도순 잘 살아내는 모습이 보기가 좋다.

우리 부부는 아파트 뒷산으로 새벽마다 산책하러 다닌다. 그러던 어느 날 우연히 산책길에서 출근하는 아들과 마주쳤다. 그 후 그 순간이 반가워서 시작된 일 분 데이트다.

자주 만나니 더욱더 반갑고 만날수록 더 자주 보고 싶은 것이 사람의 마음인가 보다. 코로나19가 세상을 바꾸어 놓고 일상생활과 의식까지도 바꾸어 놓은 때에 찾은 우리 부부의 행복이다.

타지에 둥지를 틀고 우리 부부는 집을 나서도 마땅히 갈 곳이 없어서 찾은 곳이 아침 산행이다. 빠른 걸음으로 걷고 허리 돌리기와 팔굽혀 펴기, 윗몸 일으키기, 철봉 매달리기까지 하고 집에 오면 한 시간 반이 걸린다.

네 아이의 아비인 아들의 처지로는 우리 부부에게 마음을 쓸 여력이 없을 테지만, 코로나가 기승을 부리니 부모와 자식 간에도 언제 이별이 올지 알 수 없고, 우리도 점점 쇠약해지니 부모와 자식 간이 더 애틋해지는 것 같다.

전에 서울 우리 집 근처에 살던 아들네가 직장을 따라 수지로 이사를 하고 1년쯤 지났을 무렵. 갑작스럽게 병원응급실에서 걸려온 전화로 제 아버지 심혈관 질환에 놀란 아들이 자신의 집 근처로 이사하길 원해서 아들 따라 이곳으로 이사 온 지 어느새 5년 차로 접어든다.

가족력인 심장병으로 나의 시부모님이 돌아가셨는데도 방심하다가 갑자기 당한 일로, 아들의 놀라움이 매우 컸나 보다. 제 식구 돌보기도 쉽지 않을 터인데 부모까지 걱정해 주니 고맙다. 아들네 집 근처로 이사 와서 가까이 살아보니 '이웃사촌이 먼 친척보다 낫다.'라는 옛말이 그르지 않다는 말을 실감하겠다.

출근하기에도 바쁜 아들에게 일 분 데이트가 부담되는 건 아닌가 싶어서 일 분 데이트를 멈추는 것이 어떻겠냐고 물어보았다. 아들이 펄쩍 뛰면서 '부모님의 건강을 살필 수 있어서 좋다.'라고 한다. 짧은 시간이라도 아침마다 부모의 근황을 알 수 있어서 안심이 되나 보다. 역시 맏이는 뭐가 달라도 다른가 보다. 나도 맏이이다. 친정 어머니가 돌아가시기 2년 전까지 모시고 살았다. 치매 걸린 부모를 모시기가 얼마나 애로가 많은지는 모셔 보지 않은 사람은 짐작이나 할 수 있으려나. 그래서 더 아들이 대견하고 뿌듯하다.

"최선을 다하는 사람에게 나도 최선을 다해야 한다."라고 나는 생각한다. 효도도 불효도 대물림하는 것이 아닌가. 자식의 눈이 얼마나 무서운 것인가 싶기도 하다. 혹자는 자신의 편안한 노후를 위해서라도 자식에게 바른 모습을 보여주면서 제대로 가르쳐야 한다고 말한다.

아들이 어렸을 때 내가 회사에 가려고 나서면 바짓가랑이를 붙잡고 울던 생각이 불현듯 난다. 퇴근길 집 모퉁이에 엄마 모습이 보이면 놀다가도 뛰어와 품에 안기던 아들, 이제는 내가 아들에게 해줄 것이 없고, 오히려 내 쪽에서 자식이 그립고 아쉽기만 하다. 아들 부부의 도움이 없이는 급변하는 세상에 발을 붙이고 살기가 쉽지 않다.

내일도 오늘처럼 우리 부부는 아들과의 일 분 데이트를 즐기려고 아들의 출근길에서 서성일 것이다. 우리 부부가 세상을 떠나고 난 후 아들이 지금을 돌아다보았을 때 부모와 일 분 데이트를 회상할지도 모른다. 추억은 자신이 세상을 떠날 때까지 가슴속에 따스한 온기로 남아 있을 테니까.

제2 인생의 첫 출근

그가 '배움터 지킴이' 교사로 뽑혀 Y중학교로 첫 출근을 하는 날이다.

그는 현지답사 겸 학교를 미리 다녀오고 장롱에서 오래도록 잠자던 옷들을 이것저것 꺼내어 입어보기도 했다. 그러더니 오늘 아침엔 산뜻한 비둘기색 정장에 중절모를 쓰고서 나섰다. 정년퇴직한 지 4년 만에 처음으로 출근을 하게 되어선지 무척 설레나 보다. 기분이 이상하다고 연신 거울에 모습을 비춰보는 양이 영락없이 새로 입사한 신입사원 같다.

나도 들뜬 마음에 배웅하느라 모처럼 대문까지 나가서 그가 안 보일 때까지 손을 흔들었다. 큰아이를 초등학교에 보내놓고 아이가 보이지 않을 때까지 눈길을 떼지 못했던 것처럼. 나의 배웅을 받으며 출근하는 그도 지금의 나처럼 하늘에 둥실 떠 있는 마음일까. 얼마만에 맛보는 설렘일까.

가뿐한 기분으로 우선 집안 대청소부터 하였다. 책과 옷이 뒤섞여 방안 하나 가득한데도 괜히 신이 났다. 오랜만에 가장을 일터에 내보내고 산뜻한 마음이 된 아낙네의 심정이다. 재직 시에도 청소년 선도에 대한 관심이 많았던 그이가 청소년을 위해 기회를 얻었으니 봉사하는 기쁨이 얼마나 크겠느냐면서 기대 반 두려움 반인 그의 등을 떠민 나다.

농업국 시대의 우리 조상들은 남자가 하는 일과 여자가 하는 일이 엄격히 나누어져 있었다. 남편과 아내가 서로에게 주어진 일을 하면서 살았을 그 시절에는 모든 것이 제자리에 놓여있기에 가장은 가장으로서 아내는 아내로서 제 역할을 하면서 집안의 질서가 제대로 잡혔을 거라는 생각이 잠시 들었다.

그는 나에게 머리에 비녀를 꽂고 정갈하게 한복을 입은 모습을 보고 싶다고 말한다. 가난한 삶일지라도 각자의 위치에서 사람 사는 것처럼 사는 옛날을 그리워하는지도 모른다. 아니면 나를 청빈한 선비의 아내 정도로 생각하는 건 아닐까. 21세기를 살면서 정신세계는 19세기쯤 되는 세상을 꿈꾸는 것은 아닐까. 나도 팔랑개비처럼 바쁘게 살 땐 미처 생각하지 못했던 일이 회사를 나온 지 칠 년쯤 지난 지금은 그의 그런 바람에 공감이 된다. 아마도 정신없이 보내버린 데 대한 아쉬움으로 세월이 더디게 가 주었으면 좋겠다는 바람이 담긴 마음이리라.

퇴근해서 돌아온 그이가 나에게 하루 일과를 조곤조곤 얘기해 주었다. 교장 선생님이 시골 아주머니처럼 푸근하다는 이야기, 전교생이 칠백 명쯤 되는 작은 학교인데 장애인 다섯 명도 따로 특수 교육하는 점이 인상적이라는 이야기 등이 신선함을 안겨 주었다.

우리가 학교에 다닐 땐 몸이 불편한 소수의 학생을 위하여 배려해 주는 일은 감히 꿈이나 꿔본 일이던가. 그때는 많은 학생을 한곳에 모아 놓고 가르치던 시절이라 교육의 질 같은 것은 감히 꿈도 꾸지 못한 시대가 아니던가. 사회가 다변화하면서 학교 폭력 등 학내 문제가 커지면서 서울시에서 표본으로 뽑은 10개의 중학교에서 실시하는 배움터 지킴이 교사 제도를 시범적으로 시행한 후에 성과가 좋으면 더 많은 학교로 운영하겠다는 취지로 만들어진 제도이기에, 보통 학교와 다른 점이 있겠다는 생각은 했지만, 격세지감이 느껴졌다. 세상이 좋은 쪽으로 발전하고 환경도 좋아지는 건 모두가 원하는 보편적인 꿈인지 모른다. 앞으로 더 좋은 환경. 더 좋은 여건 아래서 우리 후손들이 배울 수 있다면 더 좋은 나라로 나아가는 길이 아닐까.

평소에 입 무겁기가 '말하는 벙어리'라는 별명을 듣는 그이도 나이가 들어서 자상해진 건지, 하고 싶은 말이 많아진 건지 알 수가 없다. 평생을 교화의 대상만을 상대한 그로선 새로운 일터에서 느낀 감회가 큰가 보다. 하루의 일을 차분하게 얘기하는 모습을 보면서 젊었을 때 느끼지 못했던 따뜻한 정을 느낀다. 아이들은 제 갈 길을 찾아가고 어머니도 가끔은 절에 가시고 나면 둘이서 비둘기처럼 남는데 젊었을 적처럼 그이는 그이대로 나는 나대로 대화 없이 산다면 얼마나 삭막하고 적막할까.

젊어서 아웅다웅하던 부부 사이도 자식들 짝지어 내놓고 나면 갑자기 친해진다고 한다. 우선 우리 부부만 해도 전에는 아이들 교육에 대한 가치관이 달라 서로 얼굴을 붉혔던 일도 이제는 모두가 부질없다는 생각이 든다. 아들 내외가 서로 다독이면서 사는 모습을 바라보면서 공연히 남편이 안쓰럽다는 생각이 든다. 서로의 뒷모습이 안쓰럽다는 건 그만큼 늙었다는 증거라고 한다. 돌이켜 보면 아무것도 아닌 일에 그때는 목숨 걸고 싸웠던 일이 후회스럽다. 행복하게만 살기에도 남은 시간이 너무 짧기에 서로에 대한 애착과 연민은 더욱 커진다.

이런 우리를 보면서 아이들이 우리보고 일곱 살짜리 소꿉친구들을 보는 것 같다고 놀린다. 저희와 달리 부모가 살갑게 지내면 낯설게 느껴지는가 보다. 하긴 나도 젊은 시절엔 시부모님이 우리 집에 오실 땐 어머니 혼자 오셔도 될 일을 꼭 아버님과 함께 오셨던 점을 이해하지 못했다. 내가 그 나이가 되고 보니 그 마음을 이해할 것 같다.

세월이 가면 가버린 모든 것이 그리워지는 것일까. 오늘 그이가 퇴근해서 오면 나는 어떤 모습으로 그이를 맞을까 하고 눈길은 벌써부터 대문에 머문다.

덫

발이 묶인 채 집에만 있게 되었다. 삼시 세끼를 남편과 집에서 해결하는 걸 보면서 큰며느리는 "어머니! 소원 풀이하셨네요. 호호."히면서 웃는다.

알 듯 말 듯 한 며느리의 웃음이 장난기가 섞인 것 같기도 하고 나를 놀리는 것 같기도 한 묘한 웃음이다. 많은 식구에게서 벗어나고 싶어 하는 본인의 생각이 작용하는 것 같다. 평소 나를 떼어놓고 취미생활을 하는 남편이 서운해했었는데 그런 나를 잘 아는 며느리의 의미 있는 웃음이었다.

지금은 남편이 어쩔 수 없이 나와 이인 일조가 되어 삼시 세끼 밥을 함께 먹으면서 불편한 기색 안 보이면서 잘 적응하고 있는 점이 신기하다. 인간이 사회적 동물이라는 말을 증명이나 하듯이 나와 둘만 있으면서도 그이는 별로 불편한 기색 없이 살아내고 있다. 그전 같았으면 상상도 못 할 일인데 싶다.

어쩌다 외출에서 돌아온 그이가 나를 보면서 묻지도 않은 대답을 한다. 집에서 먹는 밥이 맛이 있다고. 아무래도 전속 요리사가 해주니까 그렇지 않으냐고 나도 대답한다.

요즘 나는 밥을 하다가 반찬이 마땅치 않으면 이럴 때는 밖에 나가 주는 것도 좋겠다고 생각할 때가 더러 있다. 어쩌다 한 번씩 하는 나의 반찬 걱정에 그도 민망한지 옛날 사람들은 없는 살림에 때마다 얼마나 힘들었겠냐면서 거들곤 한다.

아들만 넷인 며느리는 혼자 있는 시간이 선물이라고 농담처럼 한 말에서 그녀의 의중을 알겠다. 요즘의 젊은 어머니들은 자식 하나를 가지고서도 힘에 부쳐서 절절매는데 큰손자 밑으로 세쌍둥이까지 거느린 며느리 심정이 오죽했으면 그런 말을 할까 싶지만, 며느리는 힘든 내색은 도통 하지 않는다.

지금 코로나로 네 아이가 집에서 비대면으로 수업하니 더 힘들겠으나 그 당시는 네 아이가 학교에 가 있는 동안 짬짬이 자신의 시간을 가질 수 있었는데도 육아가 얼마나 힘들었으면 그런 말을 했을까. 그녀는 참 당차다. 아이들을 돌보자면 손이 모자라서 절절매겠지만 며느리는 그런 일로 나에게 도움을 청하지 않는다. 친정어머니였어도 그랬을까 싶지만, 내가 자신의 시어미인 만큼 아마도 최대한 자제하는지도 모르겠다.

그런데 손자들이 제 어미 말만 들을 뿐 이 할머니 말은 아예 듣지 않는다. 커갈수록 더하니 나로서도 어쩔 수가 없다.

며칠 전에 길에서 외손녀를 유모차에 태우고 가던 지인을 만났다. 평소에 그녀를 자주 만나지 못해서 그녀가 내 동갑내기고 우리 집 근처에 사는 줄도 전연 몰랐다. 코로나19가 기승을 부리는 때에 길에서 만난 그녀가 반가웠다. 마스크를 벗어 보라 했더니 웃으면서 마스크를 벗는데 내가 생각하던 그녀였다.

서로 너무 신기하고 반가워서 길에서 잠시 이야기를 하면서 그녀에 대해 많은 것을 알았다. 그녀의 남편 나이와 성향, 가정생활과 그녀가 한 직업, 우리는 동갑인 것까지 알게 되었다.

그녀는 결혼해서 우리 동네로 살림을 난 아들네 아기를 4년 동안 봐주기로 하고 아들네와 함께 살다가 지금은 딸네 이기를 봐주기 위해 따로 이사했단다. 보통 사람들 같았으면 그러기로 약속을 했다가도 정을 떼지 못해 지키기가 힘들었을 일인데 약속을 지키며 사는 그녀가 한편 부럽기도 하다.

이제 손자 삼둥이도 다 컸고 내 남은 시간이 짧으니 굳이 하지 않아도 될 일에 매달릴 필요는 없을 것 같다. 황혼 길에 들어선 내 남은 인생에서 또 아이들이 원하지 않는 일을 자청하는 덫에 걸릴 일은 아니라는 생각이다. 공연히 덫을 만들 필요까지는 없겠다 싶다.

숨쉼과 멈춤

숨을 쉬는 순간을 살아 있다고 한다면 숨을 멈추는 순간을 죽음이라고 한다.

살고 죽는 일이 한순간에 갈린다는 것. 이것은 엄연한 현실이다. 나이가 들면서 죽음을 생각 안 해 본 건 아니지만 이렇게 찰나에 생과 사로 나뉜다는 것까지는 미처 생각이 미치지 못했다. 심장이 멈추고서 4~5분 동안 다시 숨을 쉬지 못한다면 이는 곧 죽음의 순간인 것이다.

남편이 심근경색으로 하마터면 죽을 뻔한 일을 당하고 나서야 심혈관 질환이 얼마나 무서운 병인지 절실하게 느꼈다. 고혈압과 전립선염 등 지병을 앓아 왔지만 비교적 건강한 편이고 자기 관리가 철저한 남편이었다. 그래서 삶과 죽음 사이를 한순간에 넘나들 수 있다는 생각은 꿈에도 하지 않았다.

6월 중순 금요일 아침, 초등학교 동창회에 참석하려고 아침 일찍 집을 나간 남편이 가슴을 콕콕 찌르듯이 아프다며 중간에 집으로 왔다. 친구들이라면 죽고 못사는 남편이 오죽했으면 친구들을 남이섬에 남겨두고 혼자 집으로 돌아왔을까. 급체한 줄만 알고 소화제만 복용했는데 참을 수가 없더란다.

평소에 모임이나 운동은 웬만해서는 빠지지 않는 사람이어서 음식을 잘못 먹었을 거라면서 속으로 남편을 나무랐다. 주말이라 병원에도 갈 수도 없고 뾰족한 수도 없었다. 손으로 등을 두드려주기도 하고 주물러 주었다. 소화제에 의지하면서 월요일이 되기를 기다렸다가 동네 내과에 갔다. 심전도 검사를 해 보니 별 이상이 없다는데도 속은 여전히 불편하다는 거였다. 아팠다가도 잠시 통증이 가시고 하는 통에 병세에 대해 알 길이 없었다. 심전도도 믿을 수 없는 게 어지간히 급한 상황이 아니면 위급한 상황을 곧바로 알려 주지 않는다. 심전도에 나타날 때는 위급한 상황이 되어서야 나타난다는 거다.

그다음 날도 그이는 평소대로 탁구장에 나가서 탁구를 하다가 힘들면 잠시 쉬곤 했다고 한다. 운동이 아무리 좋아도 그렇지 몸이 아프면 집에 와서 쉴 일이지 뭐 하는 일인가 하고 속으로만 원망했을 뿐 위급한 상황인 줄은 나중에 모든 일이 수습된 후에 알게 되었다.

일단 다니던 종합병원에 예약해 놓았다. 그때까지도 단순히 체한 줄만 알고 죽만 들게 했다.

기다리는 동안 그날도 탁구를 하다가 또다시 통증이 왔을 때에야 곧바로 동네 의원에서 심전도 검사를 했는데 빨리 종합병원에 가야한다면서 써준 의뢰서를 들고 대학병원에 달려갔다. 나와 큰아들에게 간신히 전화로 통보만 한 상태에서 1차 시술을 했다. 너무 급한 상황이라 가족의 동의서를 받을 겨를이 없었다고 한다. 병원에서 신속하게 손을 쓰지 않고 가족이 오기만 기다렸다면 그때 그는 이미 숨을 멈추었을 것이다. 생각할수록 아찔하다. 그리고 신속하게 대처해준 병원 측에 감사를 드린다.

우리 모자(母子)는 수술이 진행되는 두 시간 동안 병원 복도에서 초주검이 되어 하염없이 기다렸다. 아들이 아무리 이리 뛰고 저리 뛰어도 기록이 없으니 아무것도 알 수가 없었다. 시술 결과는 심혈관 여섯 개가 막혔는데 나이도 있고 해서 안전상 우선 오른쪽 세 개만 뚫어 스탠드 시술을 했는데 2주 후에 다시 검사하고 나서 그 후에 왼쪽 나머지 세 개도 시술한다고 그때까지 집에서 안정을 취하도록 하라고 했다. 시술할 때 쓴 조영제가 간과 콩팥을 망가뜨릴 수 있으니 약을 먹으면서 섭생과 안정이 필요하다고 했다.

4박 5일 중 환자실에 있는 동안 다른 환자들의 가지각색의 신음과 시도 때도 없이 드나드는 간호사들의 분주함 등이 심적 중압감으로 너무 힘들었다고 한다.

모든 병 특히 심장병은 반드시 전조증상이 있다고 한다. 지금 돌이켜 생각해 보면 몇 번인가 전조증상이 있었는데도 우리는 그것을 감지하지 못했다. 가끔 그이가 가슴이 답답하다고 할 때마다 나는

'장모 모시기가 버거워서 그런가 보다.'라고 가볍게 생각한 것이 병을 키웠다. 시어머님이 협심증으로 119차 안에서 돌아가신 가족력이 있는데도 감지하지 못했으니 무지가 얼마나 무서운가.

심장병은 발생과 동시에 죽기 아니면 살기다. 더는 미련도 없고 기다려주지 않고 생과 사의 결정을 단번에 내주는 무서운 병이다. 대처하고 하지 않고는 각자의 몫이다. 산 같은 데 갔다가 사람이 갑자기 죽는 일. 병원이 먼 지방에 사는 사람이 병원에 가다 죽는 일 등이 이에 해당하리라. 그래서 연배가 있는 사람들은 더욱더 병원이 가까운 곳에 살아야 한다는 말이 맞는 말인가 보다.

10년 전 심장판마증을 앓는 사림이 돈 3전만 원이 없어서 죽을 뻔했다고 한다. 보증인이 보증을 서고서야 수술을 받았다고 한다. 그런데 아무 조건 없이 우선 남편의 생명부터 살려 준 K대학부속병원의 생명 존엄의 정신이 너무 숭고하면서도 고맙다.

부부 이야기

　우리 부부는 젊어서는 사는 일이 바빠서 함께 취미생활은커녕 이야기할 시간도 별로 없었다. 중년 이후엔 또 자기 일에 바쁘고 공통의 관심사도 별로 없었다. 그래서 나는 그 집 부부가 부러웠다.

　나는 퇴직 후에는 남편과 오순도순 취미생활을 함께하는 꿈을 꾸면서 살아왔으나 젊을 때 서로 성격도 다르고 일의 속도 차이를 느낀 그이가 나와 함께 하는 일이 부담스러웠는지 도무지 자기가 하는 취미생활에 나를 끼워주지 않았다.

　부부가 같은 취미생활을 함께 하면서 신경전을 벌이는 다른 부부를 많이 보아서인지 남편과 함께 취미생활을 하겠다는 내 꿈은 영영 멀어져 갔다. 왜 남들의 좋지 않은 면을 보면서 우리 부부도 그럴 것으로 생각하면서 나를 밀어냈을까. 살아온 날들을 생각하면 억울한 측면이 있다. 남편은 "부부란 고생은 함께, 취미생활은 각자가 따로"라는 철칙이라도 있는 것처럼 행동했다.

한 번은 복지관에서 우연히 만난 남편의 같은 탁구반 여자가 "남 선생님이 나를 좋아한다."라고 마치 남편과 내가 아무 상관도 없는 사람으로 여기는 듯 스스럼없이 말을 하는 게 아닌가. 나는 "우리 남편요, 나만 싫어하고 세상 사람 다 좋아해요."라고 그녀의 말문을 막은 적이 있다. 철없는 그 여인은 아무렇지도 않게 하는 말이 남에 게 상처 주는 말이라는 것을 왜 생각하지 못했을까. 그렇게 십 년이 넘게 시간은 흘러가고 있었다.

그리고 내가 안 됐는지 한 번은 글이라면 주민센터에서 써야 하는 간단한 인적 사항조차도 나에게 대필을 시키는 그이가 선심 쓰듯 함 께 시를 배우자고 제안을 했다. 나는 웬 떠인가 싶어서 덥석 물고 함께 시작했는데 그 일이 만만한 일이 아니었다. 왜 그이와 함께 시 를 배우는 교실에만 가면 졸음이 쏟아지는지 나로선 알 수가 없었 다. 나는 쏟아지는 잠을 참느라 고역이고 그이는 나를 깨우느라 고 역을 치렀다.

안 되겠다고 생각했는지 이번에는 동네 주민센터에서 하는 노래 교실에 가자고 등록을 했는데, 함께 가서 앉아 있으면 잠이 쏟아져 서 더는 버틸 수가 없어서 이마저도 그만두었다. 남편이 치는 탁구 를 나도 그렇게나 함께 치고 싶었는데 탁구는 치지 않고 엉뚱한 것 만 배우자고 해서 배우러 다니다가 결국 나의 치부만 드러낸 결과가 되었다. 본인이 원하는 것을 해주어야 한다고 주장하는 사람답지 않 았다.

그러다가 내가 무릎관절 통증으로 남편과 다른 곳에서 치던 탁구를 그만둘 무렵에 나와 함께 탁구를 하자고 했다. 이번에는 내가 쿨하게 싫다고 거절하고 나니 마음이 편해졌다. 실속도 없이 남에게만 친절한 그이는 그렇게 나에게 상처를 주면서 살았다. 나도 모처럼 마음의 평정을 되찾아 평온한 마음이 되었는데 뒤늦게 뭐 하러 불편한 환경을 다시 만들까 싶었다.

서울에서 이곳으로 이사 와서 3년이 될 때까지도 그이는 그이대로 서울로, 수지구청 복지관으로 탁구를 하러 다녔고, 나는 나대로 서울에 있는 복지관으로 다니면서 따로 취미생활을 하는 재미가 있었다. 그러고 나서 우환 코로나19로 발이 묶이게 되었다.

다시 1년 반이 흐르는 동안 그이는 자신의 배우자가 얼마나 소중한지 이제야 알았나 보다. 친구들이 하나둘 떠나가거나 배우자를 잃는 슬픔을 겪는 친구들의 일들이 반면교사가 되었는가 보다.

코로나19에 갇혀서 삼시 세끼를 꼬박 둘이 함께 해결해야 하는 처지가 되자 이번에는 자기는 집밥이 좋다고 묻지도 않는 집밥 예찬론자가 되었다.

젊었을 때 옆집 친구가 자신의 시부모가 서로를 극진히 위하고 챙기던 모습을 낯설어하며 흉처럼 나에게 말하던 모습이 떠오른다.

둘이서 있을 때는 나를 끔찍이 위하다 가도 아이들 앞에서 한 번씩 나에게 면박을 주어야 위신이 서는 것처럼 하는 그의 허세를 보면서 혼자 웃는다.

"부부란 두 반신이 되는 것이 아니라 하나로서 전체가 되는 것이다"라고 한 반 고흐의 말을 마음속으로 음미하면서 늙은 부부의 애틋함에 대해 생각해 본다.

외손주

딸아이가 조금은 늦은 나이에 아들을 낳았다.

마침 남편의 생일 즈음이라 두 아들네와 함께 축하 겸 방문하기로 약속을 잡았다. 양산에 사는 딸네 집에 식구 열 명이 한 차에 타고 갈 생각에 꿈에 부풀어 있었는데 호사다마라고 남편이 심혈관 질환으로 갑자기 중환자실에서 생사의 갈림길을 넘나드는 사건이 터졌다.

그래서 우리 부부만 빼고 두 아들 가족만 득남 축하를 해주러 갔다. 예감이 있었던가. 아기가 그날 나온다는 보장도 없기는 했지만, 예정일에 맞춰서 우리 부부는 미리 다녀왔다. 그때 아기가 예정일에 맞춰 나왔으면 외조부모의 아낌없는 축하를 듬뿍 받았을 텐데, 일주일이나 넘겨서 태어났다. 그래도 제 외할아버지가 퇴원하는 날 태어나서 우리 가족은 그날을 경사가 겹친 길일이라고 의미를 부여했다.

외손주는 태어나자마자 친가의 열렬한 환영과 축하를 받았고, 또

두 외삼촌 내외와 네 명의 외사촌 형들의 영접을 받았다. 우리 부부는 비록 직접 만나지는 못했지만, 아기 탄생을 마음껏 축하하였다.

손자들은 내가 저희를 예뻐하는 줄 용케 알고 도무지 나에겐 곁을 주지 않는다. 모처럼 만나서 반갑다고 저희를 품으려 하면 '엥' 하면서 미꾸라지처럼 쏙쏙 빠져나가서 나를 종종 섭섭하게 만든 녀석들이다. 제 동생이 있는 산후조리원 면회실에서는 서로들 아기가 잘 보이는 곳을 차지하려고 치열한 경쟁전을 벌였다는 말을 들으니 웃음도 나고 한편 안쓰럽기도 했다.

삼둥이는 엄마 뱃속에서부터 경쟁자였을 것이다. 제일 큰애는 엄마 배 아랫부분에, 둘째는 오른쪽에 그리고 막내는 왼쪽에 있었다고 하니 좁은 뱃속에서 얼마나 불편했을까. 세상에 나와서도 끊임없이 형제로 친구로 동고동락하면서도 때로는 적수로 치열한 경쟁을 하면서 살아가고 있으니 인연치고는 참으로 깊은 인연이다.

저희 부모와 삼촌, 고모만 유독 좋아하던 아이들은 제 고모가 결혼하자 제 고모부를 따르더니, 더 나중에 결혼한 작은엄마를 결혼 초부터 지금까지 "숙모! 숙모!" 하면서 제 부모 젖혀놓고 따른다. 작은엄마 옆에 서로 앉으려고 티격태격하는 모습을 바라보는 내 마음은 순간순간 벅차오르는 기쁨을 느낀다. 작은며느리가 제 조카들에게 넘치는 사랑을 주니 우리 부부는 한없이 흐뭇하다.

요즘에는 세상이 바뀌어서 젊은 엄마들이 시집 쪽보다 친정을 가까이하기 때문인지 아이들이 친가보다는 외가를 가까이하는 가정이 많다. 자연히 친할머니 친할아버지, 큰엄마 큰아빠보다는 외할머니와 이모를 가까이하는 세상이라고 한다.

이런 세상에 작은아빠와 특히 작은엄마를 제 부모 이상으로 좋아하고, 오순도순 사는 우리 자녀들을 지켜보는 것은 기쁨 이상이다. 자식을 많이 낳지 않아 사촌이 별로 없는 세상에, 그리고 설사 있다고 해도 서로 가까이하지 않으면 없는 거나 다름없는 세상에 큰집 작은집 사촌들이 어울려 살면 얼마나 보기가 좋은가. 아이들에게 사촌의 정을 찾아주면 좋겠다.

나는 이런 현상을 안타까워하는 사람 중 하나다. 오죽했으면 결혼하고도 엄마 옆에서 살고 싶다고 하는 딸에게 "나는 네 오빠가 둘이나 있어서 그들 집 근처에 살 테니, 너는 시댁 근처에서 살면서 시부모님을 잘 섬기며 살아라."고 일렀다. 내 말대로 딸은 시댁이 있는 남쪽 끝에서 살고 있다. 우리 부부는 외손자가 태어난 지 한 달이 넘도록, 외손주를 사진으로만 보았을 뿐 안아 보지도 못하고 있다.

심장에 문제가 생겨 위급한 상황까지 갔었지만, 용케 다시 삶을 되찾은 남편이 건강이 회복되어 속히 외손주를 보러 가기를 손꼽아 기다리는 중이다.

후회되는 일들

온 세계가 코로나19 신종바이러스 감염에 노출되어 속수무책으로 많은 사람이 죽어 나가고 있다.

"엄마 마스크 몇 장 드릴 수 있는데 내일 아침 산책길에 잠시 들르실래요?"

큰아들이 전화를 걸었다. 마침 마스크를 구하지 못하고 있어 걱정이었다. 엊그제 삼둥이 손자들이 제 아비가 사 온 마스크 사진을 카톡방에 올려놓더니 큰아들의 마음씀이 고마웠다.

우리 부부 말고도 챙겨야 할 가족이 다섯 명이나 되는데 생각하니 고맙기는 해도 선뜻 '그러마'라는 대답은 나오지 않았다. 큰아들은 제 가족을 위해 새벽에 직장에 나가야 하지만 나는 집에서 무위도식(無爲徒食)하는 사람이 아닌가. 아들이야말로 마스크가 없으면 안 되고 제 자식도 네 명이나 되고 아내도 있는 사람이, 부모를 먼저 생각하기는 쉽지 않은 일이다.

내 성격이 본래 덤덤하기도 하지만, 큰아들은 대학에 들어간 이후 줄곧 집을 떠나 살아왔기에 우리 모자는 그렇듯 살가운 사이는 아니다. 나는 모든 일을 며느리와 의논하고 아들은 말없이 따라오는 편이다. 그런데 위중한 상황에서 아들은 제 부모 걱정을 먼저 했다.

코로나19 팬데믹 상황이 되어 생명을 잃는 사람이 속출하자 사는 게 별거 아니라는 생각이 들면서 젊은 날. 내가 친정 식구들과 함께 살면서 잘못했던 점을 후회하는 것처럼 아들의 마음도 나와 같은 마음일까.

생전 보지도 듣지도 못한 코로나19 경험을 하면서 내가 살아온 삶에 대하여 많은 생각을 하고 반성도 하게 되었다. 앞뒤가 꽉 막힌 나는 친정 식구들과 함께 사는 동안 딸로서 느낀 애로가 많아서인지 시집간 딸은 멀리 살아야 한다는 기본적인 생각이 있다. 그래서 남쪽 지방으로 시집간 딸이 시부모님 옆에서 오순도순 사는 걸 지켜보는 것만으로도 좋다. 친정 어미 된 처지에서 나에게 잘하는 것보다 시부모에게 잘하는 딸이 고맙고 마음 또한 편하다.

젊은 시절, 막내 시동생과 친정 조카 등 열 한 식구가 좁은 집에서 복작거리며 산 적이 있었다. 시누이 딸인 조카딸까지 우리 집에 있기도 했다. 우리의 불편함을 차치하고라도 그들이 더 어려웠을 터인데 이런저런 뒷말이 없으니 생각할수록 고맙다. 나의 작은아들도 직장 관계로 바로 아래 시동생네 집에서 신세를 진 적이 있다. 이렇게 가족은 알게 모르게 도움을 주고받으며 사는 게 세상살이가 아닌가.

나는 시어머니와 친정어머니를 모시고 다니려고 어렵게 운전면허를 취득하고 연수도 받았다. 그런데 남편이 차를 맡기지 않는 바람에 한 번도 그분들을 모시고 다니지 못했다. 생명을 담보로 하는 중대한 일이라 고집을 부리지 못했지만, 지금까지도 아쉽다. 그때 어머니가 딸이 운전하는 자동차를 이제나저제나 기다리셨을 텐데, 얼마나 실망이 크셨을까.

그 후 어머니가 방을 얻어 달라고 했을 때도 어머니네 집에서 혼자 사는 아들과 함께 살면 될 텐데 왜 나보고 방을 얻어 달라고 하나 하고 내 중심에서 나 편한 대로 생각해서 어머니의 뜻을 따르지 못한 점이 후회스럽다.

그리고 큰 남동생에게도 매몰차고 비정했었다는 반성을 하게 된다. 속옷도 빨아 입지 못할 만큼 혹독하게 추운 최전방 양구에서 군대 생활을 할 때도 면회 한번 가지 않은 나였으니 누나로서 할 말이 없다. 동생은 어머니의 평생소원이었던 결혼도 하지 않고 좋은 머리로 변변한 직장도 없이 살다가 60도 채우지 못하고 세상을 등졌다. 평소 그런 동생에게 냉담만 했던 일이 평생 씻을 수 없는 후회로 남는다.

다른 사람을 배려하지 못했던 일은 어떤 이유로도 용서를 받을 수 없는 일이다. 어머니도 동생도 이제 이 세상 사람들이 아니니 후회

해도 소용없고 되돌아갈 수도 없다,

코로나로 세상 사람들이 속수무책으로 죽어가는 뉴스를 보면서 이 순간이라도 숨 떨어지면 그만인 세상에서 내 목숨도 내 것이 아닌데 무엇을 두려워하고 아끼나 싶다. 거리 두기 시행령으로 집에서 아이들을 보살피는 며느리가 얼마나 힘들까를 생각해서 마트에 가서 먹거리를 사서 배달을 시켰더니 며느리도 저녁 반찬을 사 오고 식사를 함께하자며 우리를 불렀다. 상대를 위한 배려는 또 다른 배려로 이어지나 보다.

우리가 이곳 수지로 이사 오기 전이다. 8살짜리 손주가 "할아버지 우리 함께 살면 안 돼요?"라고 하는 말이 기특하고, 제 아버지의 건강을 걱정하는 큰아들이 고마워서 이사를 감행했다. 이곳으로 이사를 오지 않았더라면 우리는 코로나 공포 속에 외롭게 살면서 지금쯤 얼마나 후회를 할까 싶다. 이렇듯 세상은 거울처럼 맑고 투명해서 진심은 진심끼리 통해서 메아리로 돌아오는 것이 세상인심이 아닌가.

코로나19가 현 인류에게 고통과 아픔을 주지만, 가족이 중요하다는 것도 가르쳐 주었다. 코로나가 아니었으면 그 귀한 가치를 우리는 간과하며 살지 않았을까. 그동안 우리가 아무 생각 없이 지냈던 평범하고 소소한 일상의 행복이 얼마나 컸던가를 코로나19 바이러스가 우리에게 가르쳐 준 교훈이 아닐까.

마음의 쉼터, 솔밭공원

말 붙일 사람 하나 없이 책상 앞에 우두커니 앉아 있는 심정은 적막강산 바로 그것이었다. 우중하면 혼자 살다가 실어증도 걸린다고 하지 않던가. 한 곳에 50년 가까이 살다 이사 와서 느끼는 외로움은 컸다. 둘이 살아도 그이는 아침에 집을 떠나면 저녁에나 들어오니 혼자 남은 나는 늘 외롭고 쓸쓸했다.

그러던 어느 눈 온 날 아침. 창 너머로 푸른 소나무 위에 흰 눈이 소복하게 쌓여있는 모습이 보였다. 아래를 내려다보니 여인 둘이서 정답게 솔밭 길을 따라 걷고 있는 평범한 일상을 사는 모습이 부럽고, 청청한 소나무 위에 핀 하얀 눈꽃이 얼마나 눈부시던지, 정신이 번쩍 났다. 이 좋은 곳을 왜 한 걸음도 밖에 나갈 엄두를 내지 못했을까.

그 후 솔밭공원은 나의 친구가 되었다. 앞뒤로 탁 트인 넓은 공원에 쭉쭉 뻗은 소나무 숲은 흙길이어서 더 좋다. 한적한 흙길은 돌아가신 어머니를 다시 만나는 것만큼이나 반가웠다. 7층 내 방에서 내려다보면 앞뒤가 탁 트인 정원에 소나무들이 푸른 물결처럼 이어져 있는 모습이 푸른 바다 위의 구름 다발 같다. 그러면서도 아파트 정원은 마음속에만 남아 있는 우리 집 정원처럼 정겹다. 나는 새벽마다 그 숲길을 걷는다. 그곳에서 세상도 만나고 친구도 만난다.

솔밭공원 깊숙이 안긴 아담한 꽃님 쉼터에는 고만고만한 여인들이 모여 담소를 나누거나 젊은 연인들이 무언가 자기들만의 세계에 빠져있는 모습도 심심치 않게 볼 수 있다. 부부가 강아지를 데리고 나와 산책을 하거나 노년의 여인들은 삼삼오오 모여서 정담도 나눈다. 젊은 남자가 소나무 숲에서 담배 연기를 후후 내뿜으면서 스마트폰을 들여다보는 모습은 예사로 보이지 않는다. 어려운 세상을 살면서 숨겨진 울분이 얼마나 클까 해서 차라리 처연하기도 하다.

어느 사이 가을이 가까워지면서 감과 모과는 어린아이 주먹만 하게 튼실하고 목백일홍 나무는 빨간 꽃잎을 달고 나뭇잎 뒤로 숨어서 수줍게 웃고 있다. 8월이 무르익으면서 무궁화 중에도 흰 꽃잎 속의 단심화가 자줏빛 꽃심에 노란 수술을 달고 의연하게 서 있는 모습을 보면 가슴이 뭉클해진다. 공원은 철 따라 갖가지 모습으로 바뀌면서 형형색색의 꽃도 피운다. 빨갛고 노란 분꽃, 수탉 벼슬처럼 빨갛게 반짝이는 맨드라미와 주황색 서광 꽃이 많은 사람의 이야기를 안고 피고 진다. 해바라기는 큰 키를 자랑하면서 높이 서 있다. 연세 높은 한 아저씨는 아파트 정원을 자신의 꽃밭처럼 물도 주고 열심히 가꾼다. 아마도 그 속에서 나름의 행복을 찾나 보다.

언제부턴가 노부부 한 쌍이 그날이 그날처럼 손을 잡고 새벽 산책을 한다. 남편의 잃어버린 건강을 되찾아 주려고 함께 산책을 하나 보다, 나와 함께 걷기를 하는 분 중에 팔십 대 중반의 노인 한 분이 있다. 젊을 때 한 수술로 허리가 반으로 휘어 양손에 지팡이를 짚고 힘겹게 걷는다. 옛 아낙처럼 조신한 그분은 지금도 손수 재봉틀로 옷도 고쳐 입고, 집안도 정갈하게 꾸미며 살림도 알뜰하게 하는 조선 시대 여인으로 살고 있다. 가녀린 몸매로 자신의 몸 가누기도 버거울 법한데 크고 작은 집안일과 남편 수발을 손수 드니 요즘에 보기 드문 모습이다. 그때쯤 나도 그분처럼 할 수 있을까를 가늠해 본다. 솔밭공원은 많은 사연을 간직하고 있지만 언제나 말이 없다.

나는 비 오는 날 우산을 쓰고 솔밭 길을 걷는 걸 좋아한다. 솔숲 길에 들어서면 조곤조곤 들리는 빗소리가 모든 소리를 잠재워서 좋다. 나는 태고 속의 고요를 온몸으로 껴안는다. 안개비가 내리는 날 아침에 산책하러 나갔더니 깔끔하게 손질된 공원에서 고양이 가족이 이리저리 뒹굴며 평화롭게 놀고 있다. 사람 못지않게 새끼를 끔찍하게 챙기는 동물의 모습에서 진한 모정을 느낀다. 바람도 시원하고 이슬이 촉촉이 맺힌 솔밭공원엔 솔향이 가득하다. 줄기차게 선홍색 꽃이 피던 부용화도 빛바랜 모습으로 비를 맞으며 처량하게 서 있다. 모든 건 때가 있다는 걸 온몸으로 느낀다. 뒤늦게 찾아온 늦더위도 때가 되면 가을에 자리를 내주고 조용히 물러갈 것이다. 모든 사물이 자연 앞에선 순응할 수밖에 없지 않은가.

그러고 보면 이 세상의 행과 불행도 내 마음 안에 있고, 결국은 이 모든 것의 시작과 끝은 나 자신이 만든다는 것을 미처 생각하지 못했다. 언제나처럼 늘 푸른 소나무는 의연한 자세로 자신의 자리를 굳게 지키고 서 있을 뿐 자연은 말이 없다. 그저 행동으로 보여 줄 뿐이다. 엄숙한 순간에 빗소리에 묻혀 인적은 끊겨 작은 소리도 들리지 않고 사방은 조용하다. 까치와 참새 소리도 잦아들고 고요한 빗소리만 어둠 속에 깃들어 적막하다.

이 가을이 지나고 나면 또다시 겨울이 오고, 봄이 오고 흐르는 세월은 멈추지 않고 가던 길을 갈 것이다.

삼둥이

세쌍둥이로 태어난 손자들이 어느새 초등학교 6학년에 재학 중이다.

한날한시에 태어난 아이들인데도 '태어난 순서에 따라 아이마다 어쩌면 이렇게도 다른 모습을 보이며 클까?' 하고 자라는 모습을 보면서 놀랄 때가 한두 번이 아니다. 일란성 세쌍둥이로 같은 부모에게서 불과 1, 2분 차이로 태어났는데도 손자들의 성격은 극명하게 다르다. 태어난 순서에 따라 성격이나 행동이 저마다 개성이 있다.

첫 번째로 태어난 기헌이는 무슨 일이든 어렵거나 궂은일에 앞장을 설 줄 안다. 솔선수범할 줄 알고 어른의 말에도 제일 관심이 많고 저희에게 하는 일을 자기 일로 받아들인다. 진중하게 맡은 일을 충실히 하고 제 부모에게 딸 같은 존재란다. 손주 중에서 인성이 제일 바르고 착하다. 어버이날 선물도 다른 형제들이 부모 선물을 사는데 보태주느라 제 돈은 제일 많이 썼는데 정작 제 몫의 선물은 사지 못했단다. 부모 사랑이 지극해서 어른들이 힘들다고 하면 일어나서 고사리 같은 손으로 어깨를 꾹꾹 눌러주는 힘이 얼마나 센지 시원하기가 이를 데 없고 마음도 여리고 양보심도 많고 인간적이다. 힘든 일은 제가 할 줄 안다.

둘째 기환이는 언제나 유쾌하게 친구들과 소통도 잘하면서 진취적으로 살고 있다. 사회성도 뛰어나 사람들에게 사랑을 많이 받는다. 제가 하고 싶은 말을 분명히 할 줄 알고 욕심도 많다. 부모 사랑도 지극해서 제 아비와 함께 먹으려고 학교 특별활동 시간에 만들어 온 빨간 돼지고기볶음 요리를 사정이 여의치 않아 제 아비와 함께 먹을 기회를 잃자 그날 저녁부터 아침까지 굶으면서 애석해하더란다.

아무래도 아래위에 낀 기환이는 제 살길을 따로 구축하는지 삼촌과 숙모, 고모, 할아버지 할머니와 소통을 잘한다. 초등학교에 입학하더니 외동이 친구들의 잠동무도 되어준다. 친구 집에 초대를 받아 낯선 환경에서도 잘 어울리며 노는 품이 벌써부터 사회생활이나 새로운 환경에서 적응도 잘해 친구들 사이에서도 인기가 제법 높다.

제 어미에게 기환이의 집념이면 이다음에 제 할 일을 잘 알아서 할 터이니 염려하지 않아도 될 거라고 말해 주었다.

막내 기웅이는 머리도 좋아서 공부도 잘한다. 제가 좋아하는 제한적인 일에 최선을 다할 뿐 관심 없는 분야는 빵점을 맞든 어쨌든 관심조차 없고 오직 제가 좋아하는 것에만 온 신경을 집중한다. 어버이날 선물도 제 어미 것만 사 주었단다. 다른 형제들이 조금만 서운하게 하면 눈물을 뚝뚝 떨어뜨리면서 제 어미에게 바짝 달라붙어 이르기도 잘한다. 영락없는 막내다. 6학년 2학기 때 과감하게 전교 회장 입후보해 놓고 기다리는 중이다. 꼼꼼하게 자료도 잘 만들었고 이제 전교생 앞에서 자신의 포부를 발표하고 선택받을 일만 남았다. 막내라서 그저 어린 애로만 여겼는데 잘 크는 게 대견하다.

남의 일에 배려할 줄 알고 살필 줄 아는 삼둥이가 대견하다.

이제까지 셋이서 떨어져서 사는 걸 생각해 본 적이 없는 우리 집 삼둥이도 각자 방을 쓰고 싶다고 했단다. 그래서 큰 방 하나를 3개로 나누는 공사를 했다. 별 불만 없이 한 방에서 셋이서 잘 지내던 아이들이 5학년 끝 무렵에 갑자기 마음이 바뀐 것이다. 제 부모가 엄동설한에 공사를 하여 방을 만들어 주었다. 아이들은 신이 나서 각자 제 방에서 달팽이처럼 숨어서 도무지 밖으로 나올 생각을 하지 않는다. 한 배 속에서 함께 머물러 있던 아이들도 때가 되니 분리를 한다. 때로는 저희끼리도 뾰족하게 뜻이 갈릴 때도 있었지만 그렇게 빨리 서로에게서 떨어져 나갈 줄은 몰랐다.

어쩌다 한 번씩 아이들 방을 들여다보면 각자 제 위치에서 나름의 일을 하는 모습을 볼 수 있다. 어머니 뱃속에서 어떻게 복작거리면서 7개월을 버텨 냈는지 신기하다. 7개월이 되자 더는 버텨 내지 못하고 한꺼번에 나온 아이들이 아니던가.

삼둥이는 도대체 어떤 인연이어서 한날한시에 한 어머니 뱃속에 함께 머물러 있다가 태어났을까. 이제 그들은 각자의 위치에서 어떻게 생각하면서 어떻게 살아나갈지 자못 궁금해진다. 인간은 인연에 의해 한집에서 태어나기도 하지만 삼둥이로 태어난다는 건 귀하고도 엄중한 일일 것 같다. 생김도 거의 같고 성향도 비슷하지만, 엄밀히 말하면 개성이 참으로 강하다.

그들은 팔십이만 분의 확률을 뚫고 함께 태어난 귀한 인연이다.

이 무서운 코로나 시대를 셋이서 따로 또 함께 살면서 그들은 무슨 생각을 할까. 생명은 각자의 개체가 한 어머니의 몸을 빌려서 각자의 특성대로 생겨서 태어난다지 않는가.

내년이면 중학교에 가는 삼둥이는 요즘 또 다른 고민에 빠졌다. 큰 애와 둘째는 친구들이 희망하는 동네 한가운데에 있는 큰 학교로 간다고 하는데, 막내가 제 부모나 우리 부부가 희망하는 학교 산 위에 있는 맏형이 다니고 있는 학교, 공부를 잘 가르친다고 알려진 학교로 갔으면 좋겠다고 생각하는데 그 두 학교 중에서 아직 결정을 내리지 못하고 있다.

우리는 셋이서 제 큰형이 다니는 학교로 가는 걸 바라고 있다. 제 엄마는 아직 완전한 결정을 내린 건 아니라고 말한다.

과연 그들은 어떤 결정을 내릴지 궁금한 채 지켜보고 있다.

한 교육자로부터 아이들은 말할 것도 없고 그 가족도 많은 덕을 쌓고 복을 지어야 삼둥이를 낳을 수 있다는 말을 들었다. 그분의 말을 듣고 나니 어느 한순간도 소홀히 살면 안 되겠다고 옷깃을 여미게 한다.

인연의 끈, 도산스님

　어머니가 집을 떠나신 지 일 년 하고도 8개월이다. 이제야 사람들은 나한테 편안해 보인다고 말한다. 칠순을 넘긴 사람이 젊어졌으면 얼마나 젊어졌을까마는 그런 말을 들을 때면 얼굴을 쓰다듬게 된다.

　마음의 상태가 거울처럼 얼굴에 나타난다는 말이 틀린 말이 아닌가 보다. 다시 어머니를 만나면서 나의 마음도 차차 편해졌다. 이제 모든 물질적인 짐은 내 손에서 떠났으니 나는 언제든지 어머니가 뵙고 싶을 때 뵈러 가면 된다. 어머니의 임종을 내가 지켜야 한다는 책무감에서 벗어났으니 내 마음은 가벼워졌다. 세상일은 내 맘대로 되는 것이 아니지 않은가.

　아흔다섯이신 어머니를 나에게서 분리시킨 혈육이 야속하지만, 한편으로는 다행이라는 생각도 든다. 지금까지 우리 집에 계셨더라면 어찌 되었을까. 치매가 심해져서 툭하면 나와 딸을 도둑으로 몰곤 했다. 그러더니 내가 당신을 죽일 것 같다는 피해망상증에 시달려서 어머니 스스로 절 근처에 방을 얻어 나가셨다. 그곳에서도 얼마 버티지 못하고 여동생에 의해 이내 요양원으로 보내졌다. 모든 면에 그토록 강하셨던 분이 그렇게 쉽게 무너질 줄은 몰랐다.

그분이 집을 떠나시고 사 개월이 지났을 무렵 한 스님으로부터 전화가 왔다. 큰따님이냐고 물어서 그렇다고 하니 어머니가 나를 애타게 기다리시니 한 번 찾아 가 뵈라고 하셨다. 그때까지 어머니 스스로 떠나가신 일에 고까웠던 나는 "어머니를 뵐 이유가 없다."고 말씀드렸다. 스님께서는 "그러다가 노보살님이 돌아가시고 나면 회한을 어떻게 감당할 거냐? 모든 과보(果報)는 어머니가 떠나시기 전에 풀고 떠나보내야 후회가 없을 것이다."라면서 어머니가 머물고 계신 요양원 소재지와 전화번호를 알려 주었다.

사실 내키진 않았지만, 스님의 간곡한 말씀을 거역할 수가 없어 어버이날과 생신날에 온 가족이 함께 어머니를 찾아갔다. 우리를 보자 어머니가 대성통곡을 하며 반기셨다. 어머니에게 우리가 '보물 중에서도 으뜸 보물'이었다면서 여기서 자고 가라셨다. 그 후 우리 가족이 찾아가면 웃음으로 반기면서 어떤 날은 집에 가고 싶다고 하시니 안쓰럽다.

지난 어버이날에도 어머니께 따뜻한 음식을 대접하고 공원으로 휠체어를 밀고 나오니 손으로 햇볕을 받으며 여기서 쉬었다 가자고 하셨다. 공원 벤치에 앉아 이야기를 나누는 중에 내 큰아들을 가리키며 "얘는 언제 장가가느냐?"고 하신다. 이미 아들이 넷이나 되는 손자에게 장가 운운하니…. 자주자주 현실을 잊으시는 어머니. 아마도 가실 때가 가까워졌나 싶어 가슴이 저린다.

어머니를 뵙고 올 적마다 스님께 문자를 드린다. 그럴 때마다 스님께서도 궁금하던 차에 고맙다는 답신이 온다. 그 스님께서는 얼마 전에야 자신의 법명을 알려 주셨다. 스님의 노력이 아니었으면 내가 어머니를 어찌 찾았을까. 고마운 마음에 한번 찾아뵙고 싶다고 말씀드려도 시절 인연이 닿으면 만날 수 있다는 말씀만 남긴 채 그분은 자신의 소재지를 밝히지 않는다. 그분도 법정 스님처럼 번거로운 인연을 만들고 싶지 않으신가 보다.

칠십 고개에서 깨달은 일은 세상은 절대로 욕심대로 이루어지지 않는다는 것을 터득했다. 분에 맞지 않은 욕심은 결국은 불행으로 가는 지름길임을 잊고 사람들은 욕심 때문에 많은 불행을 안고 산다. 나 또한 어머니를 끝까지 내가 모셔야 한다는 책무감을 평생 안고 살았다. 내가 하지 않아도 순간에 풀리는 실마리를 오랜 세월 함께 하면서 그때는 왜 풀지 못했을까.

어버이날도 그랬고, 얼마 전에도 두 아들네 가족과 함께 어머니를 뵙고 왔다. 어머니는 돌아가신 큰외숙모도 보고 싶고 다른 친척들도 보고 싶다고 하셨다. 어머니가 가실 날이 머지않았음을 마음으로 느낀다. 면회를 마치고 돌아오는 길에 어머니께서는 내 손을 꼭 잡고 우리 가족과 여행을 다녀오고 싶다고 하셨다.

모시고 살 때 어디든 모시고 다녔는데 그때는 대수롭지 않게 여기시더니 그게 지금은 소중하신가 보다. 어머니를 모시고 스님이나 찾아뵈었으면 얼마나 좋을까. 어머니를 다시 만나게 해주신 도산 스님. 어머니와 나의 만남을 당신의 일처럼 기뻐하시는 스님은 또 다른 소중한 인연의 끈으로 이어지지 않았을까.

"엄마! 할머니가 우리를 돌봐 주시지 않았더라면 엄마는 직장에 다니지 못했을 거야."라는 딸아이의 말이 죽비가 되어 내 가슴을 친다. 그래 내가 아무리 잘난 척해도 나는 어머니께 갚을 길 없는 큰 빚을 지고 살았음을 함께 살 때는 깨닫지 못했다.

며칠 전에 어머니를 뵈러 갔더니 얼굴도 다리도 퉁퉁 부은 채 깊은 잠에 빠져있다가 깨셨다. 그래도 나를 보자 반가운지 희미하게 웃음을 지으시며 "우리 큰딸이 어떻게 왔다냐?"라고 하셨다. 남편을 가리키면서 "엄마! 이 사람이 누구야?" 하고 여쭈니 "예쁜 사람"이라고 하신다. 사람 사이의 관계를 잊고 겨우 예쁜 사람이라고 기억하는 어머니. 그래도 좋은 기억으로 남을 수 있어서 얼마나 다행인지 모르겠다. 자식은 부모가 곁에 없을 때 비로소 철이 든다고 하는데 나도 이제야 철이 들어가는 것인가.

나의 법명 환희행(歡喜行)으로

어머니는 아버지와 연을 맺은 지 팔 년째 되던 26살에 나를 낳았다. 지금이야 첫 출산이 스물여섯이라면 오히려 이른 편이지만 삼십오 년 전 스물여섯의 출산은 노산이었다. 그것도 불공을 드려 나를 얻었다고 한다.

어렵게 태어난 나는 살면서 해야 할 일이 많았다.

나에겐 세 개의 법명이 있다. 처음에 어머니를 통해 도선사에서 직지사 관응스님이 내려주신 법명이 '마하연'이다. 지금까지도 그 법명을 쓰고 있지만. 시간이 갈수록 버겁게 느껴졌다. 더할 수 없이 좋긴 한데 내가 감당하기에 너무 크다.

다시 법명을 받을 기회가 주어졌다. 그래서 두 번째로 받은 법명이 도선사 현성스님이 지어주신 '진여성(眞如性)'이다. 참된 나를 찾아가는 길이 모든 사람의 소망인 진여는 너무 좋은 법명이지만 이 또한 내가 감당하기에 분에 넘쳤다. 세상에 진 빚이 얼마나 많기에 나에게는 분에 넘치는 법명만 주어질까. 쉽게 법명이 입 밖으로 나오지 않는다.

70이 될 무렵 나는 모든 의무에서 벗어난 이름을 기대하고 나에게 맞는 법명을 받고자 내 발로 청량리역 근처에 있는 법화정사에 가서 받은 법명이 '환희행(歡喜行)'이다.

도선사 도반을 따라 법화정사에 가서 스님 앞에 떨리는 마음으로 나의 생년월일과 이름을 쓰고 가만히 앉아 있었더니 나를 한참 바라보시던 스님은 거침없이 '환희행(歡喜行)'이라고 써서 내 앞에 밀어 놓으셨다. 그 순간 깃털처럼 가벼운 마음이 되었다. 나는 참으로 기쁜 마음으로 받아 가슴에 꼬옥 안았다. 그분은 어떻게 내 속마음과 나의 바람을 꿰뚫고 계셨을까.

나는 어려서부터 친가에서는 맏딸로 어머니와 외할머니의 기대를 한 몸에 받고 힘겹게 살아왔고, 결혼해서도 나에게 맡겨진 종부라는 역할이 끝나기까지 50년 가까이 힘겹게 살아왔다. 이제는 가족 모두가 아무것도 생각하지 말고 나의 건강과 나만 생각하라고 주문하면서 내가 편하게 살기를 원한다. 나는 마음의 짐을 내려놓고 가벼운 마음이 되었다. 이제 내가 할 수 있고 해야 할 역할은 모두 끝나고 기쁜 마음으로 살면 되는 것이다. 앞으로의 삶은 내가 바라던 대로 오직 환희로운 삶을 살면 되겠다는 생각이다.

친정어머니의 법명은 '일심화'이다. 그분은 평생을 오직 한 마음일심화라는 법명에 걸맞게 살다 가셨다.

구순에 생긴 치매 증상으로 끊임없이 나와 내 딸을 의심하며 괴롭힌 것 빼고는 남들이 치매 환자인 줄 잘 모를 정도로 맑은 정신으로 살다 가셨다. 돌아가시는 날에 자식들을 만날 때까지도 평온하셨다. 돌아가시기 전날 사정이 있어 그분이 가장 사랑했던 작은 손자를 만나지 못한 것 빼고는 평소와 달라진 것은 없었다. 내가 어머니께 "엄마, 선우네가 내일 일요일에 온대요."라고 말씀드리니 어머니는 가슴속에서 나오는 '으흐흐' 하는 외마디 소리를 내시며 반기시는 듯했다. 어머니의 외마디 소리를 듣고서야 어머니가 그 손주를 그토록 기다리시는 것을 알아차렸다. 어머니는 나의 작은 아들네와 찾아뵙겠다고 약속한 날 새벽 5시에 주무시듯이 가셨다고 요양원 원장이 알려 주었다.

몸무게 35, 6kg으로 요양원 생활을 하면서도 깔끔하게 자신을 갈무리하시다 아프지 않고 가신 것이다. 1년에 동안거 하안거를 열심히 챙기시며 공을 들이시더니 그 공이 헛되지 않았는지 어머니는 3개월 동안 입을 닫고 사시다 홀연히 이승을 하직하셨다. 아마도 불필요한 말이 부질없다는 것을 뒤늦게 터득하신 것일까.

올해로 어머니 가신 지 5년째로 접어든다. 올해 초 그 아들은 가족 모두의 바람이자 우리 부부의 소원인 손녀를 우리에게 선물처럼 안겨 주었다. 남편은 손녀를 보러 매일이라도 아들네 집에 갈 것처럼 그리워한다. 지금 그의 소원은 그 애와 함께 북서울 꿈의 숲에도 가고 싶고 손녀가 초등학교에 입학하면 손잡고 학교에도 가 보고 싶다고 한다.

나도 작은 소원 하나쯤 왜 없을까마는 마음속으로만 염원할 뿐 쉽게 말로 하지 않는다. 그만큼 말은 지엄하고도 조심스러운 것이어서 그런가 보다.

2

희망의 불씨는
살아 있었다

내 인생의 터닝포인트

1999년에 국가에 뜻하지 않은 외환위기 때, 30년 동안 다니던 직장에서 정년 8년을 남겨두고 명예퇴직을 했다. 방송 통신 내학 3학년 때다. 내 나이 쉰두 살이 되던 해였다. 남편도 대학 졸업을 앞두고 있었다. 나라에 IMF가 오지 않았더라면 퇴직은 꿈에도 생각지 못했을 것이다. 처음 한동안은 마음의 준비 없이 퇴직한 것에 대해 후회되었지만, 나중에 생각하니 잘한 일이었다.

그 후 20년 넘게 내가 하고 싶은 공부를 하면서 오늘에 이르렀다. 아직도 계속하고 있는 것은 유교 경전 공부, 글쓰기와 하모니카 연주다.

고2 때 전교생 백일장 대회에서 장원한 것이 지금까지 글문 언저리를 맴돌고 있는 동력이 된 것 같다. 남편은 그때 직장을 그만두기를 잘했다고 격려를 한다. 모든 일은 때가 있는 것이고, 때를 놓치지 않는 일이 중요함을 일깨워 주는 말인 듯하다.

고학하기로 결심한 나는 고등학교를 서울로 오면서 신문 배달과 가정교사를 하면서 학업을 마쳤다. 8년을 정릉에서 살다가 공무원이 되어 장위동으로 이사를 했다. 얼마 후, 공무원 남편을 만나 2남 1녀를 두고 오늘에 이르렀다. 공무원 남편을 만나고 싶다는 내 꿈 이야기를 들은 친구는 나보고 부자로 살기는 어렵겠다고 했다. 나는 부자로 사는 것보다는 떳떳하게 살고 싶다고 대답했다. 어렸을 때 꿈은 초등학교 교사가 되는 것인데 고등학교를 서울로 오는 바람에 꿈은 멀어져 갔다. 그 어린 나이에 어떻게 그런 꿈을 꿀 수가 있었을까.

어머니의 강요로 선을 보기로 한 날. 근무에 걸린 나는 될지도 말지도 모르는 혼사 때문에 결근할 수 없어서 출근했다. 전화 사정이 좋지 않아 통화하기가 어렵던 시절, 그이는 그날 기어이 퇴근길에 나와 만났다.

가난한 집 장남 장녀라는 이유 같지 않은 이유로 마음이 통해 많은 이야기를 나누었다. 그 후 우리는 3개월도 되기 전해 결혼을 했다. 그때는 여자가 공무원인 신분도 흔하지 않았고 종손인 그이는 가난을 벗어나기 위해선 공무원인 내가 적격이었을지도 모른다. 그러면서도 살림만 잘해 주면 된다는 말에 어머니께 후한 점수를 받았다.

결혼한 후 6년 만에 시아버지가 돌아가시자 남은 자식 3남매를 거느린 시어머니께 함께 살자고 청을 했다. 그분은 직장에 다니는 며느리와 함께 살아봐야 식모밖에 더 하겠느냐고 거절을 했다. 예기

치 않은 대답에 나의 실망은 이만저만이 아니었다. 한때 그분은 홀가분하게 살았지만 돌아가시는 날까지 후회를 했다, "내가 너에게 해준 것이 없어서 너의 집에 갈 수 없었다."라고.

그곳에서 50년 가까이 살다가 심혈관 질환을 앓는 남편을 따라 큰아들이 사는 수지로 이사를 왔다. 이사 온 후 3년 반이 지나는 동안 많은 것을 느끼며 배우며 새로운 삶을 살고 있다. 아는 사람 하나 없는 낯선 곳에서 느낀 외로움은 작은 것이 아니었지만 그것이 나에게는 약이 되었다.

몸도 약한 장모님과 철모르는 처남 처제들과 함께 살면서 그이는 남모르는 고충이 많았으련만 말을 하지 않으니 참을성도 대단한 사람이다. 친정어머니가 지어준 별명이 '말하는 벙어리'다. 속이 깊기가 가늠되지 않는다.

평생을 만만치 않은 친정어머니 그늘에서 부대끼며 살던 중 어머니가 구순 때 고관절을 다쳐 수술하고 나자 치매까지 왔다. 치매로 사람을 옴짝 못 하게 하더니 94세에 여동생에 의해 요양원으로 보내졌다. 어머니는 그때에야 정신이 났는지 한 스님께 부탁해서 나를 찾았다. 그분은 요양원으로 찾아간 우리 가족을 만나자 통곡을 했다. 내 품에 안긴 어머니는 나보고 '어머니, 우리 어머니'라며 우셨다. 무엇보다 다행인 것은 남편보고 저 사람이 아니었으면 내가 딸네 집에서 살지 못했을 거라고 했다. 요양원에 가서 어머니를 뵐 때면 그이를 '예쁜 사람'이라고 기억하니 나는 가슴을 쓸어내린다. 말문을 닫기 전 나에게 마지막으로 하신 말씀은 "얘 나는 그 애가 그럴 줄 몰랐다"라고 하셨다. 믿은 도끼에 발등을 찍혔다는 말씀이셨다.

뒤늦게 세상사에 대해 터득한 어머니는 말문을 닫고 3개월 만에 주무시듯이 96세에 돌아가셨다. 잠자듯이 돌아가는 게 소원이었던 어머니는 고통 없이 잦아드셨다. 미국에 이민 간 막냇동생의 청으로 용인 '평온의 숲'에 모셨다.

칠순에 하모니카를 배우면서 내 삶에 활력이 찾아오기 시작했다. 언젠가 지하철 안에서 내 앞에서 하모니카를 신나게 불어주던 이름도 성도 모르는 사람의 마음을 이해할 것 같다. 밤이 깜깜해지는 줄도 모르고 하모니카를 부는 때도 있었다. 열 살짜리 손주와 악기 연주를 한 것은 생각지도 아니한 행운이다.

글 벗 중 한 사람은 내가 하모니카를 배운다고 했더니 '이슬 같은 인생 보석처럼 살아요'라고 격려를 해주었다. 사는 날까지 하고 싶은 일 하다가 잠자듯 갔으면 좋겠다.

이룰 것도 할 일도 없는 사람인데도 나에겐 샘솟는 열정이 있다. 비록 일흔을 넘겼지만 새로운 일을 향한 도전정신은 멈추지 않는다. 어렸을 때부터 집안일을 하면서도 노래를 흥얼거리기를 좋아하던 나는 얼마 전에 또 다른 장르에 도전장을 냈다. 늦은 나이에 웬 객기냐고 하겠지만 배움에 나이가 없다는 것을 뒤늦게 알았으니 사는 날까지 배우면서 살고 싶다. 언제 나를 가슴 뛰게 할 일이 신기루처럼 찾아올지 누가 알겠는가.

그럼에도 불구하고

텔레비전 프로그램인 〈인간극장〉에서 아버지와 어머니 그리고 큰 딸까지 세 명이 버스 기사로 근무하는 집 이야기를 시청했다.

아버지와 어머니는 그렇다 치고 스물다섯 살 된 딸의 이야기에 집중하게 된다. 한창 공부를 하거나 제 생활에 집중할 시기인데 그녀는 요즘에 보기 드문 효녀였다. 위로는 몸과 마음에 장애를 지닌 오빠, 열세 살 아래인 어린 남동생까지 돌보느라 그녀 자신의 삶은 없다. 오빠의 이빨까지 닦아주며 동생 밥 챙겨 먹인다. 그녀가 청춘을 쏟아부어 가족을 부양하는데도 아버지가 그녀의 애완견에 들어가는 비용까지 거론하면서 딸을 압박한다.

그녀가 펑펑 울면서 "지금 내가 청춘을 구가하면서 학교에 다닐 나이에 내가 취미라고는 한 가지 오직 애완견을 기르는 비용까지 아빠의 간섭을 받으면서 살아야 하느냐?"고 대들기도 한다. 그래도 때가 되면 오빠의 이를 닦아주고 동생을 보살피면서 아무렇지도 않게 살아가고 있다.

양심 없는 부모에 대해 생각해 본다. 어느 한 자식이 가족을 위해 헌신하면서도 자기 공을 내세우지 않으면 자식의 공을 전연 모르는 부모가 있다. 그런 자식을 귀하게 여기고 기특하게 고마워해야 하는데도 그렇지 않은 부모가 더러 있다.

한 어머니가 자신의 결혼 생활이 만족하지 못했다면서 딸에게 결혼하지 말라고 해서 노처녀로 늙어가는 사람 이야기이다. 그 어머니의 이기심이 딸의 일생에 안 좋은 영향을 끼치는 일은 바람직하지 않다. 어떤 어머니는 자식이 맡긴 돈을 몽땅 써 버리는 사람도 있다.

내 아들이 나에게 ROTC 봉급을 고스란히 맡겼었다. 본인이 힘들게 벌어서 나를 믿고 맡긴 것을 그 애가 결혼할 즈음에 돌려주었더니 마음이 편했다. 사람이 양심에 부끄럽지 않게 떳떳하게 살아가야 하지 않을까.

나는 고등학교를 졸업하고 공무원이 되었다. 월급을 고스란히 어머니에게 드리고 차비도 일일이 타 썼다. 변변한 옷 벌도 사 입지 못했다. 어머니는 내가 결혼할 때 혼수를 제대로 해주지 않았고 비상금으로 따로 마련해 주지도 않았다. 오히려 결혼하고 월급을 당신에게 맡기지 않는다면서 섭섭해하셨다.

이렇듯 묵묵히 헌신하는 자식이나 형제를 딛고 올라서도 된다고 생각하는 사람이 있는 것 같다. 누군가로부터 혜택을 받으면 더 받지 못해 애석해하는 사람 말이다. 부모와 자식 간에도 처음부터 받지 못한 사람에 대해선 끝없이 관대하지만, 줄곧 혜택을 받아온 사람으로부터는 더 받지 못해 억울해하는 사람이 있다는 얘기다.

징벌은 내가 하지 않아도 하늘이 내린다는 말을 새겨둘 뿐이다.

한여름 외가의 추억

어릴 적 여름 방학만 되면 외가에 가서 즐겁게 놀았던 추억이 아련하다. 기차역에서 내려 외가에 가는 신작로 양옆에는 논들이 나란히 있다. 한참을 올라가면 작은 언덕이 있고 언덕 위엔 커다란 소나무가 바람에 흔들리면서 쉐쉐 하는 소리를 내면서 나를 반겨 주었다,

집안을 포옥 감싸고 있는 울타리는 대나무 숲이 우거져서 웅웅 소리를 내면서 시원한 그늘을 만들어 주었다. 외가 옆집엔 동갑내기인 육촌 형제가 있어서 그녀와 줄곧 놀았다.

앞이 탁 트인 외가의 대문 앞에는 텃밭이 있고 텃밭 너머엔 모를 심어 푸른 물결치고 있었다. 아른거리는 먼 산은 언제 봐도 정겹다.

바쁜 것 없는 나는 그 친구와 뒤꼍에 멍석을 펴고 엎드려 공부도 하고 놀기도 하면서 즐거운 시간을 보내고는 했다. 밤에 앞마당에서 모깃불 튀는 소리를 들으며 어른들과 함께 옥수수를 먹던 맛은 색달

랐다.

한 번은 그 집에서 잠을 자다가 모기가 얼마나 물어 대던지 문이 열린 방에는 아무도 없이 나만 덩그러니 누워 있었다. 바로 옆집이 외가인데도 한밤중에 잠이 깬 나는 외가에 갈 생각도 못 하고 누워서 뜬눈으로 밤을 보내는데 친구도 어딜 갔는지 방에는 나만 덩그러니 누워서 오도 가지도 못 하고 긴 여름밤을 보냈다. 모를 심을 때쯤이면 들판에 앉아서 점심과 새참을 먹던 생각도 새록새록 난다.

낮에는 앞 냇가에 나가 다슬기도 잡으면서 긴긴 여름 방학을 즐겁게 지냈던 시절 이야기다. 육촌 여동생도 일찍 시집을 가서 집을 떠나고 난 후 친정에 갈 기회가 없어지자 자주 만나지 못했다.

그 후 학교를 졸업하고 취직을 하면서 바빠지자 외가와는 차차 멀어졌고 사촌 남매계를 하거나 잔치 때 한 번씩 다니면서 여름날 외가에서 보냈던 생각이 난다. 큰아이가 어렸을 때 어머니가 젖을 떼기 위해 아이를 데리고 외가에 가서 밤중에 윗뜸 작은 외삼촌네 집에 아기 젖병을 두고 오는 바람에 큰오빠가 비 오는 밤중에 젖병을 가지러 간 일도 있었다. 아이들이 자라는 동안 어머니는 아이들을 데리고 친정을 다녀서 외가와의 정이 남달랐다.

그리고는 오랜 세월이 지나는 동안 외가는 그리운 고향 같은 곳으로 내 기억에는 남아 있다. 몇 년 전에 큰오빠가 돌아가시고 나자 얼마나 허망하던지 혼자 남은 언니는 연세가 들자 몸이 자주 아프게 되고 혼자서는 생활을 할 수 없어서 서울에 있는 자식들 집에 와 있는 바람에 더 이상 외가에는 자주 갈 수 없는 곳이 되었다.

1년 반이 되도록 코로나가 기승을 부리는 중에 한 달 사이에, 큰 외사촌 오빠네 큰 올케언니와 작은집 외사촌 큰 올케언니가 차례로 세상을 떠나는 슬픔을 겪으며 세상이 허무해졌다. 올케 언니가 때마다 담가주던 된장과 간장도 더 이상은 맛볼 수 없는 고향의 그리운 옛 맛이 되었다.

큰 올케언니가 세상을 떠나고 보니 갑자기 나에게 고향이 없어진 것 같은 허망한 느낌이 들었다. 당질녀의 소식이 궁금하여 전화를 걸었더니 "고모 나 지금 집에 와서 집 뒤에 있던 대나무를 모두 베어 내고 집수리를 시작했어요. 대나무밭 가운데에 사과나무 두 그루가 나란히 사과를 달고 있어서 선물처럼 반갑네요."라면서 집수리 끝나면 다녀가라고 말했다. 큰 올케언니 둘이서 세상을 떠나고 나니 주인 잃은 집들만 덩그러니 남아 있으려니 생각했는데 조카와 연이 닿아 얼마나 다행한 일인지 모른다.

우리는 서로 집 전화로 안부를 묻던 사이였는데 우리가 이사를 오고 언니가 병원에 입원하는 바람에 소식을 주고받을 수가 없게 되었다. 이별 인사도 나누지 못하고 영원한 이별을 했는데. 조카가 대신 추억을 이어주게 되어서 다행스럽다.

덕수궁과 서울 시청 앞 정원

우리나라 국가 정원 만들기의 대회에서 '울산의 태화강의 국가 정원 만들기'에 참가한 딸네 팀이 작년에 이어 이번에도 금상을 받았다. 그 바람에 딸은 대학원 정원문화산업학과에 진학했다. 대학에서 영화 연출을 전공한 딸아이가 전혀 다른 분야에 관심이 있는 줄은 몰랐고 그런 끼가 숨어 있을 줄도 미처 몰랐다.

이런 인연으로 딸은 며칠 전에 고양시에서 있은 우리나라 정원 만들기 심포지엄에 참석하기 위해 여섯 살짜리 외손주를 데리고 와서 며칠 동안 우리 집에 머물렀다.

우리 부부는 이곳으로 이사 와서 이층 버스를 처음 보았다. 언젠가 우리도 타고 싶다는 막연한 바람만 있었을 뿐 기회는 좀체 오지 않았다.

딸이 제 집에 가기 전날 토요일에 외손주에게 이층 버스를 태워 주러 가는데 엄마 아빠도 함께 가지 않겠느냐고 물어서 따라나섰다.

버스 2층에 앉아서 시내를 빠져나가는 동안 창밖으로 펼쳐지는 풍경을 보는 재미가 쏠쏠했다. 버스는 푸른 숲이 물결치는 산야를 빠져나가고 어느덧 한강을 지나 한남동을 들어서니 눈앞으로 우뚝 솟은 남산 타워가 보였다. 끝없이 이어지는 남산 1호 터널을 한참 만에 지나갔다. 그리고 남산 속살에 숨어 있는 소방방재청 근처에 있는 문학행사 때 이따금 들르는 '문학의 집'도 살짝 지나갔다.

서울 시내는 참으로 거대하면서도 아기자기하고 예쁘다. 그러면서도 질서 정연하고 깨끗하고 여유롭다. 곳곳에 숨어 있는 비경이 서울이 품고 있는 아름다움의 극치다. 발길 닿는 곳마다 짜임새 있게 꾸며진 숨어 있는 서울의 속살이 600년 역사를 한눈에 보여주었다. 결코 한 곳도 흐트러짐이 없으면서도 차분하고 질서 정연한 모습이 서울다웠다. 놓친 고기가 더 커 보인다고 했던가. 5년 전에 떠난 서울이 좋은 모습으로 다가왔다.

서울의 진면목은 뭐니 뭐니해도 궁궐인 듯하다. 도심이 치고 곧 들어올 듯해도 도심 속의 궁궐은 세상 근심 잊은 듯 한가롭다.

60여 년 전에 시골 촌닭이 본 서울의 진면목을 다시 보는 듯했다. 처음 서울에서 본 은행나무 생각이 났다. 파란 하늘 아래 높다란 나무 위에 노랗게 다닥다닥 달린 은행이 얼마나 탐스러운지 신기해서 눈을 떼지 못했었다.

덕수궁 정문 현판인 대한문(大漢門)이란 현판을 단 덕수궁 앞에서 버스가 서자 우리는 조심조심 버스에서 내렸다. 버스에서 내리니 밖이 소란스러웠다. 보수층 지지자들이 덕수궁 앞에서 갇힌 전직 대통령들을 감옥에서 풀어주라고 피맺힌 절규를 토해내고 있었다.

덕수궁 정문 현판인 대한문(大漢門)이란 글씨는 우리 조상 중 한 분인 남정철(고종 때 내무대신)의 글씨란다. 세련된 아름다움보다는 진솔하면서도 소박한 글씨체가 우리 조상들의 은근과 끈기가 담긴 글씨체 같다.

5년 전에 떠난 서울의 심장부를 이렇게 자세하게 보기는 이번이 처음이었다. 원래의 시청 건물에는 도서관이란 이름표를 달고 있고, 그 뒤에 서울 시청 청사로 쓰고 있는 투명한 건물과 아기자기하게 조성된 정원이 모습과 길이 아름답게 펼쳐져 있었다. 경로 우대인 우리 부부와 손주는 무료여서 네 명의 입장료가 단돈 일천 원으로 해결되었다.

공사를 하고 집회가 있어 덕수궁 앞은 어수선했다. 우리가 덕수궁 정문에 들어서자 입구를 지나 벚나무 등 하늘 높이 솟은 갖가지 나무가 우거진 길을 따라 한참 들어가다 보니 길옆 바로 옆 연못에는 노란 가시연꽃이 별처럼 반짝이면서 피어 있었다. 연못 주위에 있는 큰 아름드리 살구나무에는 주황색 살구가 지천으로 달려 있거나 떨어져 있고, 앵두나무엔 빨간 앵두가 보석처럼 반짝이면서 달려 있었다.

공원의 나무 의자엔 청소년들이 역사 강의를 경청하면서 앉아 있다. 그 주위엔 고종황제가 사색도 하고 외국 사신들과 연회를 열거나 하던 정관헌(靜觀軒)이란 연회장이 고풍스러운 레이스 달린 커튼을 휘장처럼 달고서 고즈넉하게 서 있다. 안에서 고요히 밖을 바라보는 시청 앞은 토요일인데도 한가롭게 흰 구름만 흘러가고 있다.

과거와 현대가 공존하는 시대에 지은 덕수궁 후원에 서 있는 정관헌은 1900년대의 부침 많던 우리나라 역사의 한 페이지를 보는 것 같았다. 러시아인이 지은 정관헌 건물은 전통적인 우리나라 양식의 건물이 아닌 반은 서구적으로 지어진 건축 양식의 건물이다.

오해

양쪽 다리와 검안 수술을 하느라 오랜만에 스포츠댄스 연습장을 찾았다. 그런데 나와 자주 파트너가 되었던 여든아홉인 할아버지가 다른 사람과 손을 잡고 춤을 추고 있었다. 그분의 이름도 성도 모르지만 나와 자주 어울리던 분인데, 눈에서 멀어지면 마음도 멀어지는 것일까. 그동안 나를 잊어버렸나. 아는 척도 하지 않다니…

"이곳은 별별 사람이 다 모이는 곳이라 집안일부터 하고 난 다음에 건강을 위해 오는 곳이다."라면서 친절히 대해 주던 분이다. 예의가 깍듯해서 편안하고 마음이 놓이는 진정성이 느껴지는 분이었는데, 변했구나 하는 생각이 들었다.

나는 이곳에서 나와 비슷한 연령대나 나보다 젊은 사람과는 파트너가 되지 않으려고 한다. 나 스스로 피한다. 상대방에게 폐를 끼치고 싶지 않기 때문이다.

연세가 지긋한 분과 파트너를 하면 어려운 건 귀가 어두워 큰 소리로 말하지 않으면 대화가 통하지 않는다는 점이다. 그분의 올곧은 성품이 부모 같기도 해서 개의치 않고 파트너가 되어주곤 했었다.

한여름에도 그의 부인이 하얀 바지와 남방셔츠 등을 깨끗이 손질해 입혀서 단정한 차림으로 내보낸다. 거기에 자식들도 효도한다고 했다. 언제나 당당한 풍채(風采)에 걸맞게 정신도 맑고 건전하다는 믿음 때문에 불편하지 않았다. 한 가지 일을 보면 열 일을 안다고, 아내가 효순하고 효자인 자식을 두었다면 평소 가정을 잘 이끌어 왔을 거란 믿음 때문에 더 미더웠다. 나한테도 편안하고 긍정적인 사람이어서 집안도 화평할 것 같다고 했던 사람이다.

사람의 마음이란 이리 쉽게 변하는 것이구나 싶어서 내 마음도 굳어져서 그에게 냉담했다. 멀리서 보니 여전히 장대한 모습이다. 아무리 세상이 그렇더라도 저 사람이 나에게 이럴 수 있나 배신감까지 스멀스멀 밀려왔다.

어느 순간, 그분이 보이지 않았다. 나는 댄스 연습장을 나와 지하철역으로 갔는데 마침 들어오고 있는 전동차를 그분도 기다리고 있었다.

지하철 안에서 마주친 짧은 만남, 그분이 매우 초췌했는데 입술은 말라서 파리했다. 나는 깜짝 놀라서 "왜 이렇게 여위었냐?"라고 물었더니 "이제는 늙어서 힘도 없고 갈 때가 됐나 보다."라고 힘없이 말했다. 나는 엄지손가락을 치켜세우며 아직은 아니라고 격려했다. 너무도 변한 나의 모습에 "어찌 보면 이 사람이 그 사람인 것 같고 아닌 것 같아서 많이 헛갈렸고 혼란스러웠다.”라고 했다. 내가 다리 수술에 눈 쌍꺼풀 수술까지 했으니 젊은 사람도 혼란스러운데 나보다 스무 살 가까이 차이가 나니 어쩔 수 없었겠다. 남의 여자한테 묻기도 그래서 답답했단다. 구십이 한 달 앞으로 다가온 마당에 당연한 일이 아니었을까. 젊은 우리도 수시로 이게 맞나 저게 맞나 헛갈리는 판국에. 그분인들 오죽했으랴.

나는 어떤 사물을 볼 때 내 관점으로 보고 판단해 버리는 우를 종종 범한다. 그리고는 상대방 마음 알아보지도 않고 혼자 오해도 한다. 얼마 전에도 한동네서 거의 50년 가까이 살면서 친자매 못지않게 지낸 친구가 있다. 그녀와는 우리가 수지로 이사 오면서 연락이 끊겼다. 직장 선후배 사이로 셋이서 정기적으로 만나는 모임인데 선배 언니가 알지도 못하면서 나를 나쁘게 말하고 다녀서 모임을 그만둔 후다. 큰아이가 같은 학교에 다니다 보니 여자들 특유의 경쟁심리가 작용했나 보다.

그렇더라도 이 후배가 나에게 연락하지 않는 이유가 무얼까. 한참 고민을 하다가 직접 카톡을 했다. “혹시 나에게 섭섭한 게 있느냐?”라고. 깜짝 놀란 그녀에게서 전화가 왔다. 단지 약속하지 않은 만남은 이어지기가 힘들더란 말을 했다. “아침에 전화하려다가도 이 언니는 아침부터 바쁘지. 하고 그냥 지나가고, 저녁에 전화하려다가도 그래 이 언니는 초저녁잠이 많지.” 하다 보니 그리되었다고 했다. 칠십이 넘은 나이에 삐칠 일이 뭐가 있겠느냐고 유쾌하게 웃음을 날렸다.

　나도 젊을 때 같았으면 먼저 연락하지 않았겠지만, 나이가 들고 보니 나에게도 아량이 생겼나 보다. 이제는 필요 없는 자존심 대신 작은 아량이나마 발휘하는 사람이 되어서 나 스스로도 대견하다. 내가 먼저 손을 내밀지 않았더라면 이 사람과도 오해만 쌓지 않았을까.

　이래서 나이가 들면 마음이 넉넉해지고, 오해에 앞서 이해부터 하게 된다고 가슴을 쓸어내리니. 앞이 탁 트이는 것처럼 마음도 개운해지면서 속도 시원했다.

가족

　인생에서 가장 소중한 것은 가족이다. 많은 사람이 일에 치여 가족도 잊은 듯 바쁘게 살아가지만, 목숨이 1분도 채 남지 않았을 때는 결국 가족을 찾는다는 것이다. 9·11테러 때 가족에게 남긴 메시지에서 찾아낸 진실이다. 어머니, 아버지, 여보, 나의 아이들아.

　우리가 하는 일들이 아무리 소중하고 가치가 있어도 가족보다 더 중요한 것은 없단다.

　시인 신달자 씨가 9년간 부모 병시중과 24년 간 남편 병시중했고. 끝내 남편은 죽었다. 평생 도움이 안 되는 남편인 줄만 알았는데 어느 날 비 오는 창밖을 바라보면서 "어머 비가 오네요." 하고 뒤돌아보니 들어줄 사람이 없더라는 것이다. 그제야 남편의 존재가 무엇을 해주어서가 아니라 그냥 존재함으로 고마운 대상이라는 것을 깨달았다는 이야기이다. 가족은 그런 존재가 아닐까.

　그러기에 세상에서 가족보다 소중한 것은 없는 것 같다. 사랑하는 가족이 있는 당신은 세상에서 가장 행복한 사람이다. 부부란 둘이 서로 반씩 되는 것이 아니라 하나로 전체가 되는 것이다.

그런데도 지금 코로나로 살기가 힘들어지자 그렇지 않아도 결혼 적령기를 놓치고 있는 처녀와 총각들이 자녀 출산은커녕 결혼 자체를 기피하는 경향이다. 나는 혼기를 놓치고 있는 젊은이들을 보면 안타깝기 짝이 없다. 처녀 적에 나의 친정어머니는 "혼인이란 그저 콩 주고 두부 사 먹을 만하면 해야 한다."라고 말씀하셨다. 그때는 독신으로 산다는 건 생각하기 쉽지 않았다.

그런데 지금은 혼자 몸으로도 살아내기가 힘들다면서 결혼도 자녀 출산도 포기하고 가족 자체를 포기한다니 삶의 가치까지 흔들리는 세상이 되었다.

이런 세상에 삶의 가치가 무엇일까 싶다. 가족이 없고 자식이 없다면 삶의 기쁨, 희망을 어디에서 찾게 될까. 또 우리의 미래 또한 없는 것이 아니겠는가. 자식을 키우면서 내 꿈도 따라서 자랄 것인데 꿈이 없다면 얼마나 삭막할까.

부모가 자식을 위해서는 어떤 고난도 마다하지 않는 부모 세대를 보더라도 자식은 삶에 있어 희망 자체가 아니겠는가.

네 손자

사람들은 끊임없이 성장할 발판을 스스로 마련하는 것이 아닐까. 한날한시에 태어난 세쌍둥이가 모두 생각도 다르고 성품도 제각각이다.

기헌이는 모든 걸 솔선수범하면서 형으로서 동생들에게 양보하고 부모를 먼저 생각한다. 셋 중에서 맏이답게 마음이 따뜻하고 남을 배려하며 다른 사람을 생각하는 것이 의젓하고 기특하다. 며느리 말에 의하면 부모의 마음을 헤아리려고 노력하며 삼둥이 중에서 자신이 가장 큰 형임을 알고 희생할 줄 안다고 한다.

기환이가 같은 날 같은 시에 태어난 형제들보다 판단력도 빠르고 자기애가 강하다. 기환이는 날 보고 어렸을 때 자신은 어떤 아이였느냐고 묻는다. 공부도 잘하는 착한 모범생이었다고 대답했다. 이런 기환이는 사회성이 뛰어나고 자립심도 강하다. 어떻게 하는 것이 사랑을 받을 수 있는지를 안다. 관찰력도 뛰어나서 나한테 "할머니는 왜 밤에 주무시다가 나가시느냐?"고 묻는다. 공부해야 하니까 할머니 방에 간다고 대답해 주었다. 이제 열 살밖에 안 되는 아이인데도 대화가 통한다. 궁금한 것도 많고 때로 좀 당돌하면서 친화력도 있는, 함께 태어난 형제 중에서도 어른스러운 아이다. 끊임없이 궁금한 것을 묻고 또 물으면서 자신의 생각과 영역을 넓혀 나가는 현명한 아이다.

기웅이는 막내답게 부모에게 의존적이고 순종적인 면이 있지만, 순발력과 판단이 빠르고 행동 또한 민첩해서 귀엽다. 별로 말이 없다가도 일단 마음속으로 결정한 일은 행동으로 옮기는 신중하면서도 대단한 결단력의 소유자이다.

삼둥이의 형인 기윤이는 종손답게 의젓하고 생각도 깊고 형답다. 어렸을 때 동생들이 없을 때는 저 혼자 사랑을 독차지한 덕분인지 몸도 튼실하고, 생각도 넓었는데 한꺼번에 세 동생이 태어난 뒤로는 동생들에게 부모 사랑을 빼앗겼다고 생각해서인지 조금 달라졌다. 게다가 사춘기가 빨리 와서 어린 나이에 아이가 일찍 마음의 고생을 적잖이 했다. 한꺼번에 준비도 안 된 형 노릇을 하는 일이 만만했겠는가.

손자 넷이서 사랑을 받는 면이 제각각이다. 신기하게도 삼둥이들은 세 살 위의 큰형에게 존대어를 쓰는 게 기특하다.

네 명의 손자가 제각각 개성도 강하고 나름대로 어여쁘다. 나중에 어떤 모습, 어떤 인물로 사회에 기여할지 기대를 하게 된다.

나의 친정어머니가 증손주들이 여덟 살이 되도록 그들 옆에 계셨
듯이 나도 그랬으면 좋겠다. 전제 조건은 건강하기만 한다면.

추억 만나기

꿀꿀이들 모임 날이다. 코로나 때문에 밖에서 만나지 못하고 10개월 만에 우리 집에서 만났다. 아이들이 어렸을 때 부부 모임을 하면서 어른은 어른 대로 아이들은 아이들대로 쌓인 추억도 많았지만, 십사 년 전에 한 친구 남편이 일찍 가는 바람에 자연적으로 우리끼리만 만나고 있다. 남편한테 미안하다고 했더니 어차피 혼자 사는 연습을 해야 하니 괜찮다면서 흔쾌히 자리를 비켜 주었다.

50여 년 전 입사해서부터 결혼하고 아이들 낳고 자연히 형성된 동갑내기 모임이다. 여섯 명이 만나다가 이러저러한 사정으로 두 명은 떨어져 나가고 네 명이 두 달에 한 번씩 만나왔는데 생각지도 않은 코로나 때문에 모임이 자동으로 중지된 것이다. 어디서 만날까 고민하다가 그럼 쑥국이나 끓여 줄 테니 우리 집으로 오라고 해서 모였다.

우리가 아이들 키울 때는 돌잔치나 집안 행사는 거의 집에서 모임을 했다. 세월이 흐르면서 자연스레 모임은 밖에서 하게 되었는데 20대 때 하던 일을 일흔이 넘은 지금 나는 겁 없이 친구들을 집으로 불러들인 것이다. 두어 가지 주메뉴 음식에 나물 몇 가지 무치고 볶으면 되는 것이다.

KIT에 근무할 때이다. 직원들의 사기 진작책으로 '사가 경연대회'가 있었다. 그때 계장 밑에서 일했는데 마땅히 연습할 곳을 찾지 못했다. 고심 끝에 우리 집으로 단원들을 불러서 피아노에 맞춰 노래 연습을 해서 상을 받은 일이 있다. 그것 또한 추억이 되었다. 지휘자와 단원들을 세 파트로 나누어서 해야 하는데 거의 스무 명이 한데 모여서 연습을 한다는 것은 쉬운 일이 아니었지만, 단원들끼리 마음을 합하니 좋은 결과가 나왔다. 전문가의 조언에 따라 노래를 잘하는 사람 대신 단합을 잘할 수 있는 사람을 모아 연습한 결과가 상까지 탔으니 단원들이 기뻐했다. 노래는 사람들의 마음을 모으는 힘이 있고 특히 사람의 마음을 한데 모으는 데는 합창만 한 것이 없다는 생각이다. 젊었을 때이지만 그 많은 사람 밥해 먹이고 간식도 해대면서도 힘든 줄도 몰랐다.

그렇듯 나는 겁 없이 일을 벌이는 형인데 이번에도 그랬다. 갈 곳을 물색했지만, 이곳저곳 모두 싫다고 고개를 저으니 생각다 못한 내가 그럼 우리 집에서 모이자고 제안을 했고 친구들이 따라 주었다.

진수성찬이 아니어도 만나서 반갑고 행복하면 되는 것이었다. 며느리까지 약간의 간식거리를 들고 와서 인사를 하고 가니 며느리가 시어머니 낯도 세워 주어 고부간에도 기쁨이 되었다.

점심을 들고 한참 동안 수다를 떨다가 아침마다 산책하는 소실봉으로 친구들과 함께 갔다. 소실봉 올라가는 길이 완전히 만개한 벚꽃 터널이라 친구들이 여기저기 셔터를 눌러대며 환호했다. 산 위에서 보면 정수장이 발아래에 누워 있고 초등학교를 지나 장손이 다니는 중학교도 보여주었다. 주민들이 학교 앞산을 텃밭으로 일구어 약간의 채소를 심었기에 자연 학습장이다. 노력 없이 자연은 우리의 눈과 마음에 호사를 시켜 주었다.

겨우내 눈밭에서 자란 대파와 머위, 시금치와 보리 싹이 새파랗고, 노란 장다리 수술을 단 꽃잎도 예쁘다. 울타리에는 황매화 꽃잎이 노란 병아리 주둥이처럼 뾰족하게 나오기 시작하고 조팝꽃이 비눗방울처럼 하얗게 핀 거리를 지나 우리는 산으로 올라갔다.

한 친구가 '소실봉'이라는 이름이 예쁘다고 '소실봉' 마을 이름의 뜻이 무어냐고 물었다. 나는 들은 대로 대답을 해주었다. 옛날 유생들이 과거를 보러 한양으로 가는 중에 이곳 용인 땅에 들어서면 주막이 있었고 그 주위에 작은 마을이 형성되었다고 한다. 자연히 주막에서 하루 이틀 머무르다 보면 자신의 본분을 잊고 주막에서 정분이 나고 소실도 만드는 일이 생겼다. 그래서 '소실봉'이란 이름으로 불렸단다.

친구들은 모처럼 흙길을 밟아서 좋다고들 하는 걸 보니 확실히 나이가 들긴 들었나 보다. 시내에서야 어디를 가나 아스팔트 길인데 산이라 보드라운 흙길이 좋다고 너스레를 떤다.

우리는 깊은 산에 오르면서 사량도 아슬아슬한 칼바위 길을 힘겹게 걷던 얘기도 하고 어디에선가 술판을 벌이던 아저씨들의 청에 이끌려 막걸리 한 잔으로 목을 축이던 얘기도 하면서 잠시 추억을 퍼 나르며 즐거워했다.

저녁때가 되자 집에 가겠다고 나서는 친구들과 외출에서 돌아오는 남편을 엘리베이터 앞에서 필연처럼 우연히 만났다. 반가움에 우리를 더욱 웃음의 도가니로 몰아넣었다. 만날 사람은 어디서든 만나게 된다고 웃음을 하늘을 향해 팝콘처럼 터뜨리며 어린이 같은 마음이 되었다.

동마루터 사람들

말복이 가까운데도 연일 푹푹 찌는 더위에 숨 막히는 날이 계속되다가 말복과 입추가 지나자 거짓말처럼 시원해졌다. 아무리 생각해도 자연의 힘은 위대하다.

앞뒤가 탁 트인 우리 집은 더운 날에도 주방쪽 창문만 열어놓으면 식탁에 앉아서도 불어오는 바람으로 시원했는데 올여름엔 바람조차 불지 않고 찜통더위만 계속된다.

정수장과 소실봉으로 올라가는 언덕길은 탁 트여 있고, 아파트 뒤쪽으로는 소나무 숲 안에 꽃님 쉼터가 있고 솔밭공원도 있다. 공원에는 어르신들이 가꾸는 부용화와 맨드라미가 피고 지고 요즘에는 형형색색의 백일홍꽃까지 만발해서 거저 누리는 것이 미안하다.

산책에 나선 우리 부부는 대나무 숲길을 따라 잠시 올라가노라면 운동장이 나온다. 그곳에서 기역 자로 허리가 굽은 우리와 일가인 어른이 양손에 지팡이를 짚고 운동을 하고 있다. 이분은 내가 삶의 롤모델로 삼고 싶은 분이다. 우리 부부는 양손을 들어 하트를 만들어 보이면서 인사를 드리곤 하는데 그분도 지팡이째 양손을 들어서 하트를 그리며 화답해 주시곤 한다.

그분과 우리 사이엔 대나무 숲이 가로막고 있어서 인사는 거기까지만, 서로의 안부를 확인하는 흐뭇한 순간이기도 하다. 아들네 아파트 화단을 해마다 맨드라미와 국화를 심어놓고 곱게 가꾸시던 노인이 올봄에도 화단에서 일하셨는데 요양원으로 가셨다는 소식이다. 빨갛게 꽃피운 맨드라미를 보면서 그분 생각에 처연하다.

이쯤에서 출근하는 아들과 마주치는 시각이다. 아들을 배웅하고 소실봉을 향해서 계속 걷는다. 그동안 낯익은 이들과 계속해서 가까워지고 멀어진다. 오르막길이 운동이 된다고 하니 걷는 것만으로도 운동이 되는 셈이다. 소실봉 가는 길에 초등학교와 중학교가 나오고 이곳에 다니는 우리 손자 녀석들 만난 양 반갑다.

산등성이에 오르는 길가에 노란 달맞이 꽃 무리가 환상적이다. 자투리땅 곳곳에 동네 사람들이 밭을 일구어 토마토와 고추, 파, 상추, 도라지, 호박, 부추, 머위 등 온갖 푸성귀들을 가꾸고 있다. 하루가 다르게 커가는 밭작물들을 바라보면서 걷노라면 양손에 지팡이를 짚고 하산길인 최 선생과 마주친다. 그는 언제 보아도 만면에 환한 웃음을 선사한다. 그와 주먹인사를 나누고 가던 길을 계속한다.

소실봉 중턱에 자리한 동마루 쉼터에서 아침 가족들이 모이기 시작한다. 이곳에서 자연적으로 만나서 함께 구령에 맞춰 "야호"를 외치고, 각자에게 맞는 운동을 하는 운동가족이기도 하다. 말수가 적은 좌장 격인 K선생과 동서고금의 명시를 줄줄 외우는 P선생은 모든 분야에 박학다식하여 내심 감탄을 하는 분이다. 아침 가족들이 우리 부부에게 '오아시스'라고 별칭을 붙여주었다.

우리 인생에서 만남은 인생 전체라 할 수 있다. 누구를 만나느냐에 따라 자신의 삶과 방향이 결정되기도 하기 때문이다. 산다는 것 또한 만남의 연속이며, 사람과의 만남으로 만사가 이뤄진다고도 한다.

어찌 사람뿐이겠는가. 밤새 몸에 고였던 나쁜 기운을 "야호!"를 하면서 배출하고 산에서 만나는 산소는 우리의 생명을 연장시키는 귀한 보배가 아니겠는가.

이곳에 이사와 뒤늦게 인연 맺어진 아침 가족이 새삼 소중하다.

가요전문지도강사 자격증을 받고

한국가요가창학회에서 가요전문지도강사 자격증을 받았다. 꿈에서도 생각하지 못한 가슴 벅찬 일이다. 그런데 칠십 중반인 내가 이 자격증을 받아도 되나 생각하게 된다.

어렸을 때 좋아하던 일을 하면서 노후를 보내는 사람은 행복한 사람일 것이다. 나 역시 어렸을 때 어머니 대신 부엌일을 하면서 흥얼거리던 노래를 70대 중반에서야 꽃피우게 될 줄은 몰랐다.

일주일에 두세 번씩 두 시간 이상을 훈장님과 교수님들의 트로트는 물론 발라드와 댄스, 이론 특강까지 받아서 받은 자격증이다. 코로나 팬데믹 시기에 시작한 공부여서 너무 힘들었다. 여러 과목을 담당 교수님마다 심혈을 기울여서 하는 강의를 듣고도 따로 몇몇 회원들과 다시 만나서 복습을 했다. 비대면 수업을 마치고도 1년여 동안 우리 13기 회원들과 카톡으로 날마다 서로에게 용기를 북돋아 주는 등 계속해서 소통했다.

우리 13기 회원들은 회장을 중심으로 똘똘 뭉쳐 한마음 한뜻으로 공부를 했다. 심지어는 멀리 합천에서도 하루에 두 시간 중 30분 배정되는 실전 강의에 맞추어 강의실로 달려오는 회원도 있다. 하고 싶은 공부였던 만큼 대단한 열정들이다. 나름 자신의 전공 분야에서 꽤 이름이 난 사람들인데도 그들은 트로트 공부를 위해 할 수 있는 한 최선을 다하는 모습이 눈물겹다. 어느 전문 강사는 우리와 같은 뜻을 세우고 트로트 공부를 열심히 하고서도 출석 수업 일수가 모자라서 끝까지 함께 하지 못했다.

처음엔 나는 트로트가 쉬운 줄 알았다. 그런데 깊이 들어갈수록 어렵다는 걸 늦게 깨달았다. 범 무서운 줄 모르고 뛰어들었다가 실제로 범을 만난 셈이었다. 공부할 양이 얼마나 많던지. 그것이 한두 번 연습으로 되는 것도 아니고 피나는 노력 끝에 얻게 되는 결실인 것을 이제 조금은 알 것 같다. 현재 활동하고 있는 선배 가수들이 각고 끝에 이룬 꿈이기에 그들이 하늘처럼 높아 보인다.

노래를 부르려면 우선 정확한 발음이 중요하다는 것, 숨을 참는 일과 배에 힘을 주는 일의 어려움과 발성도 매우 중요하다. 리듬과 음정과 박자는 물론 꺾기와 흔들기, 내성 모음 육성, 두성 모음 등 해야 할 공부가 헤아릴 수도 없이 많다. 음악은 물론 국어 문법까지도 제대로 알아야 트로트를 부를 수 있다는 것을 공부하면서 알게 된 사실이다. 한 분야에 전문인이 된다는 것은 지난한 노력 끝에 얻어지는 영광스러운 이름이라는 것을 알아가는 중이다.

선물 왔어

'띵똥' 하고 초인종이 울렸다.

오늘은 나의 생일날에 맞춰시 코로나 때문에 그동안 태어난 지 두 달이 되어도 한 번도 보지 못한 작은 아들네 손녀를 보고 왔다.

손녀도 볼 겸 새집으로 이사 간 작은 아들네로 가는 중에 전화벨이 울렸다. 시집가서 양산에서 사는 딸이 생일 축하한다면서 즐겁게 지내라고 한다. 설에도 못 본 딸이어서 내 생일에 맞춰 혹시 볼 수 있을까 기다렸노라고 했다. 작은 아들네 다녀오느라 왕복 네 시간 동안 자동차 속에서 시달렸더니 고단했다. 저녁쯤 집에서 쉬고 있는데 초인종 소리가 난 것이다.

이 시간에 찾아올 사람이 없는데 싶었다. 누구냐고 물음에 이번에는 반말로 "나야 선물 왔어."라고 했다. 반말로 '나야 선물 왔어.'라고 할 사람이 누굴까. 그럼 우리 딸이 양산에서 왔단 말인가 싶었다.

화들짝 놀라 현관문을 여니, 꿈에서라도 보고 싶은 딸이 환히 웃고 서 있는 게 아닌가. 코로나 팬데믹 상황으로 사회적 거리두기로 인해 설에도 오지 못하고 오늘도 생일 축하 전화만 걸었던 딸이다. 전화 받는 내 목소리가 어딘지 좀 쓸쓸해 보여서 KTX를 타고 외손주와 함께 온 것이다.

반갑기만 한 딸과 거기다 제 어미를 꼭 닮은 외손자까지 선물처럼 딸려 왔으니 이보다 더 기쁜 선물이 있을까. 얼마나 반갑던지. 내 생일 전날엔 엄마 생일인 줄도 모르고 남편 친구 부부 방문 치다꺼리에 바빴단다. 그런데 엄마 생일에야 퍼뜩 정신이 나서 전화를 거니 엄마는 이미 식구들과 함께 작은오빠네 집에 가고 있다는 것을 알고 기차표를 예매해서 나에게 달려온 것이다.

딸도 요즘 울적하고 갑자기 엄마가 보고 싶었다고 한다. 어머니가 돌아가시면서 친정이 없어진 내가 딸에게는 친정이다. 딸은 나와 제 올케언니와 조카들과 여기저기 다니면서 행복한 시간을 보내고 나서 열흘 만에 데리러 온 사위와 함께 제집으로 돌아갔다. 사람이 가고 싶은 곳도 가고, 보고 싶은 사람도 만나야 힐링이 되나 보다.

코로나는 언제쯤이나 우리에게 자유를 주고 우리 곁을 떠날까.

세 가지 은혜

일본의 세계적인 부호이자 사업가인 내셔널 상표의 창업자가 아흔넷의 나이로 운명할 때끼지 신하 570개의 기업에 13만 명의 종업원을 거느린 대기업 총수의 이야기를 하지 않을 수 없다.

아버지의 파산으로 초등학교 4학년을 중퇴하고 자전거 점포의 점원이 되어 밤이면 어머니가 그리워 눈물을 흘린 울보가 85년이 지난 후 일본 굴지의 세계적인 대기업 총수가 되었단다.

어느 날 한 직원이 회장님은 어떻게 해서 이처럼 성공하셨느냐고 여쭈니 회장은 자신이 세 가지 하늘의 은혜를 타고 태어났다고 대답을 했다고 한다.

첫 번째는 가난한 것이고

두 번째는 허약한 것이고

세 번째는 못 배운 것이라고 대답했다니.

이 세상의 불행은 모두 갖고 태어난 것을 오히려 하늘의 은혜라고 한 것은 보통의 상식으로는 아무리 생각해도 이해할 수 없는 일이 아닐까.

회장님이 생각한 이 세 가지는 나는 가난하게 태어났기에 부지런히 일하지 않고는 잘 살 수 없다는 점을 깨닫게 되었고, 또 약하게 태어난 덕분에 건강의 소중함을 일찍이 깨달아 몸을 아껴 건강에 힘써 지금 90살이 넘었는데도 건강하게 겨울철에도 냉수마찰을 하고 있다. 그리고 본능적으로 깨달은 점은 자신은 4학년을 중퇴했기에 항상 이 세상 모든 사람을 나의 스승으로 삼아 배우는 데 노력하여 여러 가지 지식과 상식을 얻었고, 이런 불행한 환경이 나를 이만큼 성장시켜 주기 위해 하늘이 준 시련이라고 감사한다니 이렇게 생각하기가 어디 쉬운 일인가. 역시 큰 인물은 생각의 범위 자체가 보통 사람으로서는 상상할 수 없는 일인 듯하다.

나는 이 이야기를 들으면서 먼저 놀란 것은 요즘 고생해 보지 않은 젊은이들은 부모의 도움을 받으면서도 고마움을 모르거나 왜 더 많이 주지 않느냐고 부모를 원망하는 사람들 이야기를 심심치 않게 들어오는 터다. 나도 모든 건 겪어 본 만큼 이해를 할 수 있다고 주장하는 사람 중 하나인지라 그 말에 백번 공감을 했다.

3

그때는 왜
몰랐을까

내가 만일 다시 태어난다면

나는 허리 잘린 한반도 반쯤에 있는 중부 지방에서 한파가 휘몰아치는 겨울 한복판에서 자칫했으면 세상 구경할 수 없는 아슬아슬한 환경에서 태어났다.

내 인생의 첫 번째 기억으로는 머리 위에서 알 수 없는 비행기 소리가 나고, 털털거리는 트럭을 타고 자갈밭 신작로를 따라 어딘가로 가고 있었다. 6·25전쟁이 발발하고 오래지 않았던 것 같았다. 충남 대덕군 유성면 장대리에서 태어나서, 4살 때 6·25를 만나 외가 근처의 강경으로 피난을 가 거기서 어머니랑 둘이 살았다.

외가 근처 어느 작은 방 문지방에 걸터앉아 담배 연기를 허공에 대고 후후 불던 한 사람이 생각나는데, 아마도 그는 풀 수 없는 깊은 고민에 싸여 있었던 것 같다. 두 아들 밑으로 태어난 고명딸이었던 그, 얼마나 보기 좋은 그림인가. 그럼에도 그에게 무슨 말 못 할 사정이 있었을까.

유년 시절 또 생각났던 건 자주색으로 넘실대던 자운영 논에서 원피스를 입고 어머니를 따라 나비를 쫓으며 팔딱팔딱 뛰놀던 생각과 엄마가 밥솥에 쪄 주던 짭짜름한 황석어 젓갈 찜 생각도 난다.

그 후에 만난 아버지는 가정을 꾸려갈 책임감이나 경제적 능력도 없으면서 술만 좋아하고 술이 들어가면 동네가 떠나가도록 나를 칭찬하기도 했다. 그런데 나쁜 친구들의 영향을 받아선지 끊임없이 가정불화를 일으키고 밤새 술주정으로 날이 새우기 일쑤였다. 나는 아버지의 술 심부름으로 술을 받아오는 날이 많았다. 그분은 평소에는 뜨개질도 하는 얌전한 사람인데 일단 술이 들어가면 딴사람이 된다.

여동생 밑으로 남동생을 낳은 뒤 막내 남동생이 태중에 있을 때 어머니는 아버지와 헤어졌다. 오롯이 자식 넷을 떠안고 어머니는 갖은 고생을 하면서 우리를 키워냈다.

태생적인 성향 때문인지 나는 겉은 온화한 편인데 아니라고 판단되는 일은 포기도, 실천도 빨라서 어떤 일을 앞에 놓고 오래 망설이지 않는다.

그즈음 어지간한 집이 아니고는 딸은 서울로 식모살이나 버스차장이 되거나 가발공장에 취직하는 게 다반사였다. 그러나 일찍 사고가 깬 나의 어머니는 혼자 힘으로 나를 고등학교를 서울로 보내주셨다. 어머니를 잘 만난 건 나에겐 행운이었다.

고등학교 때부터 공무원 시험에 합격할 때까지 정릉에 살았다. 지금도 왕성한 활동을 하는 성우 P씨도 우리와 한집에 살았다. 우리가 장위동으로 이사를 하면서 더는 보지 못하게 되었지만, 그와 나는 아버지가 없는 집으로 장남 장녀라는 공통점이 있었다. 가끔 TV에서 그를 볼 때면 풋풋한 젊은 날의 그가 생각난다. 그곳에서 50년 가까이 살다가 칠십 고개를 넘기며 큰아들을 따라 이곳 수지로 이사를 왔다.

지금 나는 작은 키지만, 초등학교 동창생들은 키가 큰 공부 잘하는 친구로 기억하고 있다. 중학교 때 기차 통학을 하면서도 반장을 맡기도 했었는데 서울로 고등학교를 진학하면서 가정교사 등을 하느라 공부와는 멀어졌고, 고등학교 백일장에서 장원도 하면서 태생적인 외로움을 삭혀나갔다.

가난한 집안의 장손인 남편과 결혼하고는 시댁 집안 대소사 챙겨야 하고 직장도 다녀야 하는 바쁜 삶을 살아왔다. 나를 아들처럼 생각하는 친정어머니가 우리 아이 셋을 모두 키워주셨고, 함께 살던 친정 동생들도 결혼하면서 제 갈 길을 찾아갔다. 그런데 어머니에 대해 불만이 많은 큰 남동생만은 결혼도 하지 않고 어머니 집에서 혼자 살다가 2014년에 지병으로 세상을 떠났다.

그이와 나는 재직 중에 못다 한 학업을 이어나갔다. 남편은 국민대학교 법학과 야간대학을 마쳤고, 나도 방송통신대학교 국어국문학과 3학년을 마칠 즈음에 국가에 IMF라는 위기 상황에 부닥쳤다. 그때 정년 8년을 남겨놓고 망설임 없이 30년을 다니던 직장에서 명예퇴직했다. 졸업과 동시에 이것저것 배우는 일에 매달렸다.

그때 내 나이가 50대 초반이었는데, 남편은 나보고 그때 직장을 그만두길 잘했다고 두고두고 말한다. 매일 서예학원에 다니다가 그만두었는데 노력은 부족하면서 욕심만으로 되는 일이 없다는 것은 그때 뼈저린 경험으로 얻은 삶의 철학이다. 그런 후 한문, 사물놀이, 탁구, 글쓰기를 하면서 악기 하나쯤 다루고 싶어 기타를 배웠는데 기타는 연습 부족으로 그만두고 하모니카를 배웠다. 사물놀이와 탁구는 어렵게 배웠으나 다리가 아파 중도에서 포기했다. 수많은 고비를 넘기며 아직도 배움의 끈을 놓지 못하고 있는데 유교 경전 공부와 수필 공부다.

노년기에 접어들면서 또다시 욕심이 생겼다. 어렸을 때부터 집안일을 하거나 시간이 있을 때 노래를 흥얼거리길 좋아한 것을 보면 아무래도 노래가 나의 적성에 맞는 것 같다. 앞으로의 삶은 가무로 즐겁게 내 인생을 마무리하고 싶어서 또다시 배움의 문을 두드렸다.

인생 별건가! 내 맘대로 노래를 부르며 산다면 노후가 즐겁지 않을까 싶어서다. 춤도 추면 어떨까. 무엇을 주저하랴. 그리스인 조르바처럼 자유롭게 살고 싶다. 집에서 가끔 그이의 손에 이끌려 춤출 때 행복감을 느낀다.

예인으로 내 일생을 마무리하고 싶은 욕심에 가창 학원에도 등록했다. 결과야 알 수 없지만, 다시 태어난다면 좋은 가문에 태어나 한 서리지 않은 멋진 삶을 살고 싶은 마음에 나는 또다시 도전할 꿈을 꾼다.

내 뜻을 글로 자유자재로 펼치고, 또 무대 위에서 춤과 노래로 나래를 펼치게 된다면 나의 노년은 얼마나 좋을까. 내가 만일 다시 태어난다면 나는 50대로 태어나서 맘껏 춤추며 노래하며 살고 싶다.

그때는 왜 몰랐을까

어머니가 집을 떠나신 지 일 년 하고도 팔 개월이 지났다. 사람들은 나보고 얼굴이 편안해 보인다고 한다. 칠순이 지난 노인이 젊어졌으면 얼마나 젊어졌을까마는 그런 말을 들을 때면 정말인가 하고 얼굴을 쓰다듬게 된다. 마음의 상태는 얼굴에 거울처럼 나타난다는 말이 틀린 말이 아닌가 보다.

요양원에 계신 어머니를 다시 만나면서 나의 마음도 차차 편해졌다. 나는 언제든지 어머니가 뵙고 싶을 때 뵈러 가도 모진 말씀을 듣지 않고 웃는 낮으로 만난다. 어머니를 모시며 따라다녔던 그분의 임종을 내가 지켜야 한다는 책무감은 더 질 수가 없다. 안타까워도 세상일은 내 맘대로 되는 일이 아니지 않은가.

어떠한 이유에서든지 아흔넷인 어머니를 나에게서 분리 시킨 혈육이 야속하지만, 한편으로는 다행이라는 생각도 든다. 지금까지 집에 계셨더라면 어찌 되었을까. 나와 딸까지를 도둑으로 모는 것도 모자라던 어머니가 내가 당신을 죽일 것 같다는 피해망상증에 시달려 스스로 절 근처에 방을 얻어 가시더니 거기서도 버티지 못하고 여동생에 의해 이내 요양원으로 보내졌다. 모든 면에 그토록 강하셨던 분이 그렇게 쉽게 무너질 줄은 몰랐다.

그분이 집을 떠나시고 사 개월이 지났을 무렵 한 스님으로부터 전화가 왔다. 큰 따님이냐고 물어서 그렇다고 하니 어머니가 나를 애타게 기다리시니 한 번 찾아 가 뵈라고 하셨다. 어머니가 떠나신 일에 한 일이 없는 나는 어머니를 뵐 이유가 없다고 말씀드렸다. 스님께서 그러다가 노보살님이 돌아가시고 나면 회한을 어떻게 감당할 거냐면서 모든 인과응보는 어머니가 떠나시기 전에 풀고 떠나보내야 후회가 없을 것이라면서 어머니가 머물고 계신 요양원 소재지와 전화번호를 알려 주었다.

사실 내키진 않았지만, 스님의 말씀을 거역할 수가 없어 어버이날과 생신날에 온 가족이 함께 어머니를 찾아갔다. 우리를 보자 그분은 대성통곡을 하셨다. 반가워서 어찌할 바를 모르셨다. 그러면서 여기서 자고 가라셨다. 그 후 우리 가족이 찾아갈 때마다 웃음으로 반기시며 어떤 날은 집에 가고 싶다는데 모시고 올 수 없는 처지가 안쓰럽다.

지난 어버이날에도 어머니께 따뜻한 음식을 대접하고 공원으로 휠체어를 밀고 나오니 손으로 햇볕을 받으며 여기서 쉬었다 가자고 했다. 공원 벤치에 앉아 이 얘기 저 얘기를 하는데 큰아들을 가리키시며 '얘는 언제 장가가느냐'고 묻는다. 이미 아들이 넷이나 되는 손자에게 장가 운운하니 요양원 원장님이 주기가 잦아졌다는 의미를 알 것 같다. 자주자주 잊으시는 어머니. 아마도 가실 때가 가까워졌나 싶어 또 가슴이 저린다.

어머니를 뵙고 올 적마다 스님께 문자를 드린다. 그때마다 스님께서도 궁금하던 차에 고맙다는 답신이 온다. 그 스님께서는 얼마 전에야 자신의 법명을 알려 주었다. 스님의 노력이 아니었으면 내가 어머니를 어찌 찾았을까. 고마운 마음에 한번 찾아뵙고 싶다고 말씀드려도 시절 인연이 닿으면 만날 수 있다는 말씀만 할 뿐 자신의 소재지를 밝히지 않는다. 그분도 법정 스님처럼 번거로운 인연을 만들고 싶지 않은가 보다.

칠십 고개에서 깨달은 일은 세상은 절대로 욕심대로 이루어지지 않는다는 것을 터득한 일이다. 분에 맞지 않은 욕심은 결국은 불행으로 가는 지름길임을 잊고 사람들은 욕심 때문에 많은 불행을 안고 산다. 나 또한 어머니를 끝까지 내가 모셔야 한다는 책무감을 안고 살았다. 따로 떨어져 있는 지금. 순간에 풀리는 실마리를 오랜 세월 함께 하면서 그때는 풀지 못했다. 기대가 크면 실망이 크다는 진리를 간과한 탓이리라. 따로 떨어져 있어 봐야 존재의 진가를 안다 했는데, 정말인가보다.

어버이날도 그랬고, 며칠 전에도 두 아들네 가족과 함께 어머니를 뵙고 왔다. 어머니는 돌아가신 큰 외숙모도 보고 싶고 다른 친척들도 보고 싶다고 했다. 어머니가 갈 날이 머지않았음을 마음으로 느낀다. 면회를 마치고 돌아오는 길에 어머니는 내 손을 꼭 잡고 가족과 여행을 다녀오고 싶다고 했다. 어디든 모시고 다닐 때는 대수롭지 않은 일들이 지금은 소중한가 보다. 어머니를 모시고 스님이나 찾아뵈었으면 얼마나 좋을까. 어머니를 다시 만나게 해주신 도산 스님을 언제쯤이나 만날 수 있을까. 어머니와 나의 만남을 당신의 일처럼 기뻐하는 스님은 또 다른 소중한 인연의 끈으로 이어지지 않았을까.

"엄마! 할머니가 우리를 돌봐 주시지 않았더라면 엄마는 직장에 다니지 못했을 거야" 하는 딸아이의 말이 죽비가 되어 내 가슴을 친다. 누가 무어라 해도 나는 어머니께 갚을 길 없는 큰 빚을 지고 산 것이 아닐까. '어머니 아이들을 잘 돌봐 주셔서 고마웠어요.' 하면서 어머니를 감싸 안으니 어머니는 어린애처럼 안겨서 고개를 끄덕이신다. 늙으면 애 된다더니 우리가 어렸을 적에 어머니의 품에 안기면 좋았던 것처럼 어머니도 그런가 보다.

이제 일주일에 한 번씩 어머니를 뵙고 온다. 뵐 때마다 어머니의 기억은 밀물이 되기도 하고 썰물이 되기도 한다. 말씀 따라 내 마음의 물결도 출렁인다. 나를 보고 '어머니'라고 했다가 어떤 날은 딸이라고 하기도 한다. 나를 용서할 날을 기다려주신 어머니가 고맙고 또 고맙다.

〈꽃들에게 희망을〉을 읽고

오늘도 서울에 가기 위해 이른 시간에 지하철을 탄다.

신분당선을 타고 양재역에서 3호선으로 갈아타러 가는 통로에는 사람들로 빽빽하다. 젊은이들은 전투장으로 가는 사람들처럼 빠른 걸음으로 눈을 부릅뜨고 앞만 주시하고 걷는다. 인파라는 말이 있던가. 사람들이 파도처럼 양방향으로 흐른다. 이 많은 사람이 어떤 사연을 안고 제각기 자기 길을 바삐 가는 것일까.

그들은 각각의 엄숙한 소명을 띠고 집을 나서는 순간부터 전투태세일 것이다. 그들 각각이 지닌 소명 의식이 과연 어떤 것일까. 가장으로, 주부로, 혹은 그 대열에 서기 위한 준비생들도 있을 것이다. 3호선에서 내려 6호선을 타러 가는 길에서야 여유가 있다. 그만큼 삶이 느슨해지는 순간일 것이다.

문득 〈노랑 애벌레와 호랑 애벌레의 삶의 현장에서 피나는 노력을 하는 꽃들에게 희망을〉이란 책이 생각났다. 트리나 폴리스가 지은 동화책으로 26년 동안 200만 부가 팔린 책으로 삶의 현장에서 살아남기 위해 피나는 노력을 하는 동물들이 주인공이다. 그들은 위로 올라가기 위해 끊임없이 다른 애벌레들의 등을 밟고 올라가는 등 처절한 전쟁 같은 삶의 과정을 겪는 이야기다.

이 책의 저자는 그레일 회원으로 14년 동안 공동 농장에서 일하면서 우유 짜고 채소 재배하고 성경 구절을 쓰고 성가 부르면서 공동체 생활을 유지하기 위해 조각품을 만들어 팔았다고 한다. 아들 하나를 키우며 콜로라도 산에서 영구 경작법을 배우며 6개월을 보내기도 했는데 지금은 뉴저지주에 있는 집에서 식량과 소망과 황제나비를 키우고 있다. 이 집은 현지에서 유기농법으로 재배한 식품의 우수성을 선전하는 소규모 환경센터이기도 하다.

이 책은 온갖 어려움을 겪으면서도 진정한 자아를 찾아 나선 한 애벌레의 이야기다. 그 애벌레는 나 자신 그리고 우리 모두를 닮았다.

'더 나은' 삶 진정한 혁명 그리고 진정한 혁명을 믿으신 그의 아버님께 이 책을 바친다고 했다.

책 내용은 아주 옛날 작은 호랑나비 애벌레 한 마리가 오랫동안 아늑한 보금자리가 되어주었던 알을 깨고 나왔습니다. 햇빛 속으로 나오니까 환하구나. 배고픔을 느끼면서 자기가 태어난 곳인 나뭇잎을 갉아 먹기 시작한 호랑 애벌레는 몸이 자꾸만 커졌습니다. 그리고는 어느 날 호랑 애벌레는 먹는 일을 멈추고 그저 먹고 자라는 일만이 능사가 아니라고 느꼈다. 그들과 먹이를 제공해준 정든 나무에서 내려왔다. 호랑 애벌레는 그 이상의 것을 찾고 있었다. 세상의 온갖 새로운 것을 물과 흙, 구멍 작은 곤충들이 호랑 애벌레의 마음을 사로잡는 그 어느 것도 호랑 애벌레를 만족시켜 주지는 못했다. 그러다 자기처럼 기어 다니는 애벌레와 마주쳤다. ─하지만 그들은 먹는 일에만 정신이 팔렸다.

하루는 무척 바삐 기어가고 있는 애벌레 떼와 만났다. 그들이 가고 있는 곳을 보자 하늘로 점점 치솟고 있는 커다란 기둥이 보였다. 호랑 애벌레는 그들 틈에 끼어서 놀라운 사실을 알게 되었다. 그 기둥은 꿈틀대면 서로 밀고 올라가는 애벌레 더미 즉 애벌레 기둥이었다. 애벌레들은 꼭대기에 오르려고 기를 썼다. 그러나 구름에 가려 꼭대기에 무엇이 있는지 알 수 없었다. 네가 찾으려는 것이 어쩌면 저곳에 있는지 몰라. 옆에 있는 애벌레에게 물었으나 아무도 알려주지 않고 꼭대기에 올라가려고 애를 썼다. 호랑 애벌레는 새로운 호기심으로 머리가 터질 것 같았다. 호랑 애벌레는 기둥 속으로 밀고 들어갔다. 그리고 그 속에서 충격에 싸였다. 사방에서 떠밀리고 채이고 밟혔다. 밟고 올라가느냐 아니면 발밑에 깔리느냐 그들은 더 이상 친구가 아니고 위협과 장애물 그 장애를 디딤돌로 삼고 위협을 기회로 바꾸었다. 오로지 남을 딛고 올라서야 한다는 강박관념이 점점 더 높은 곳으로 올라갔다.

때로는 자기 자리를 지키는 것만도 힘이 들었다.

꼭대기에는 뭐가 있을까. 호기심 모두는 남들은 아무 걱정이 없는 존재다. 노랑 애벌레가 호랑 애벌레에게 물었으나 호랑 애벌레는 대답하지 못했다. 호랑 애벌레가 위로 올라가야 한다는 집념을 잃었다. 호랑 애벌레는 위로 올라갈 수 있는 유일한 길목을 노랑 애벌레의 머리를 밟고 올라섰다. 그러면서도 노랑 애벌레의 슬픈 눈빛 때문에 자신이 미워졌다. 노랑 애벌레의 머리에서 내려오면서 미안하다고 했다.

서로 도우면 꼭대기에 도착하게 될 거야. 수많은 애벌레 가슴을 밟고 올라갔기에 서로 끌어안아 숨이 답답했지만, 함께 있어서 행복하다. 서로 끌어와 커다란 공처럼 몸을 둥글게 하면서 자신들을 밟고 가는 것이 아무것도 없음을 깨달았다.

호랑 애벌레야 안녕! 노랑 애벌레야 안녕! 그들은 파릇한 풀밭으로 기어갔다. 노랑 애벌레는 올라가는 것만이 꼭 높은 곳에 이르는 길은 아니라는 것을 깨달았다. 애벌레가 주머니 속에 갇혀 있는 듯했다. 나비가 되려면 이렇게 해야 한단다. 나비는 그때의 네 모습일 수 있단다. 나비 아름다운 날개로 날아다니다 보면 날개로 날아다니면서 땅과 하늘을 연결시켜 준다. 나비는 꽃에게 꿀만 받아 마시고 이곳에서 저 꽃이 사랑의 씨앗을 날아다 주었다. 나비가 되려면 죽은 듯한 겉모습 삶의 모습은 바뀌지만, 아직 목숨이 찢어지는 것은 아니다. 나비는 그때의 네 모습일 수도 있단다. 애벌레가 나비가 되어보지도 못하고 죽었다. 애벌레로 사는 것을 기꺼이 포기할 만큼 간절하게 고치는 변화가 일어나는 동안 잠시 들어가 머무는 집이 진정한 삶이다.

호랑 애벌레도 나비가 되고 싶다.─아름다운 나비가 될 수 있다. 넘칠 만큼 압력과 진동 느낌 심한 좌절감이 파도처럼 달려왔다. 모두 힘을 합쳐야 꼭대기에 도달할 수 있음을 알아내었다. 호랑 애벌레가 우리는 날 수 있고 나비도 될 수 있어. ─삶에는 뭔가 보다 나은 것이 있을 것이다.

어느 날 아침 호랑 애벌레는 땅으로 내려갔다. 그리고 지쳐서 잠이 들었다. 노랑 애벌레가 나비 되어 호랑 애벌레에게 부채질을 해 주었다. 호랑 애벌레는 날이 어두워지자 겁이 더럭 났다. 세상이 꽃으로 가득 차려면 수많은 나비가 필요하다. 번데기라는 죽음의 이 세상이 꽃으로 가득하려면 수많은 나비가 필요하다. 이 세상의 모든 사람과 꽃들에게 희망이 전해지게 우리가 모두 필요하다.

사랑하고 창조하는 것은 베풀수록 늘어난다. 삶에서 가장 중요한 것은 삶 자체다. 그러므로 삶을 선택하자.

나의 희망가

온 나라에 트로트 열기가 뜨겁다.

트로트를 3분짜리 인생 드라마라고 한다. 짧은 노래 안에 인생의 희로애락이 모두 녹아 있다는 뜻일 게다. 칠십 대 중반에 나는 우리나라 안에 열풍이 불고 있는 트로트를 배우느라 애를 먹고 있다.

우리나라의 저명한 트로트 작곡가와 작사자이며 국문학 박사 학위까지 받은 트로트 선생님이 존경스러워서 트로트를 배우기로 결정했다.

어렸을 때부터 글에 관심이 있었고 집안일을 하면서도 늘 흥얼거린 거로 보면 나는 태생적으로 노래를 좋아하였나 보다.

퇴직 후 20년 이상 글을 써 오지만 글을 쓴다는 게 생각처럼 쉬운 일이 아니다. 평범한 삶이었다면 나도 굳이 글을 쓰지 않고 살았을지도 모른다. 어렸을 때부터 뭔가 하고 싶은 이야기가 많다는 것은 내 삶이 그만큼 고단했기 때문일 것이다.

친구가 권해서 트로트 공부를 시작했는데 역시 쉽지만은 않았다. 하긴 이름 있는 가수들도 노래 한 곡을 붙들고 천 번은 불러야 한다는 말이 있다. 그만큼 재능에 더해서 노력, 또 노력해야 한다는 뜻일 게다.

나는 왜 힘든 곳만 찾아다니며 살고 있을까. 하지만 세상에 만만한 일은 없다. 처음 시작할 때부터 난관이었다. 면대면으로 해야 할 공부를 코로나19로 비대면(非對面)으로 하는 공부는 산이 앞을 가로막는 형국이었다.

이론 공부와 실전 공부를 위해 컴퓨터는 필수인데 한글로 글이나 쓰고 이메일을 주고받는 실력이니 며느리 도움을 아니 받을 수 없다. 그런데 며느리도 코로나로 인하여 네 아이를 집에서 돌봐야 하는 교사 겸 삼시 세끼 밥까지 해 먹여야 하는 어미로 살고 있다. 사실 내가 때때로 부르기가 미안하지만 그렇다고 아니 부를 수도 없다. 그녀가 나한테 "나이 들어서 뭐 하러 남까지 괴롭힐까." 하고 속으로 불평해도 할 말이 없다. 절박한 상태에서 시작했으니까.

개강하는 날. 교육 현장에 가 보니 전국 방방곡곡에서 가창학 공부를 하겠다고 찾아온 사람들이 한자리에 모였다. 그중에서 내가 제일 연장자이고, 더 놀라웠던 일은 28살 대학원에 재학 중인 젊은 남학생이 있었는데 집은 부산이고 어렵게 공부하고 있다 한다.

대학원에 재학 중인 젊은이, 전공과목만 공부하기에도 벅찰 학생을 트로트 세계로 끌어들인 원동력이 무엇일까. 대부분이 5, 60대

여인들 속에 그것도 젊은 남자가 함께 공부한다는 사실이다. 그는 공교롭게도 나와 한 팀에 배정이 되었다.

함께한 그들 또한 평범한 사람들이 아니라는 것이 느껴진다. 우선 그들은 나름대로 노래 공부를 해왔거나 사는 곳에서 노래 강사를 하는 사람도 있고, 또 다른 전문직에 종사하는 사람도 여럿 있었다. 공부도 해 본 사람이 또 하는 것이고, 열정 또한 대단하다는 걸 느낀다.

첫날부터 수업이 얼마나 빡빡하게 진행되던지 어지간한 대학 강의는 저리가라였다. 나와 함께 간 두 친구는 한 번 받은 수업만으로도 전 과정에 걸쳐서 해야 할 공부를 다 한 것 같다며 극찬을 했다.

지도자 과정인 걸 보면 노래 수준도 상당히 높지 않을까 생각됐다. 국어 문법을 배워야 하고 음악 이론 기초부터 시작해서 음정과 박자, 발성은 기본이고 리듬감과 발음도 정확해야 하고 호흡과 기교와 감정까지 넣어서 해야 한다. 내성 모음은 무엇이고 흔들기와 꺾기는 어떻게 해야 하는가. 보지도 듣지도 못한 전문 용어들이 툭툭 튀어나와서 나를 당황하게 했다. 산 넘어 산이라는 것은 이런 때 하는 말이 아닌가.

발음법에도 연철, 분철이 있고 중철이 있다. 그런가 하면 호흡법 또한 얼마나 중요한지, 한 번도 들어본 적이 없다. 그들을 따라하기에는 숨이 막힐 정도다. 노래는 짧은 어느 한순간도 느슨할 수가 없다. 숨을 쉴 때 쉬어야 하고 참을 때 참지 않으면 안 된다는 호흡법 하나도 끝없는 절제와 내뿜음이 수반되지 아니하면, 안 되는 인내의 길이 아닌가. 인후상부성은 무엇이고 음성 포인트에서 개방음과 폐쇄음이 어떻게 다른가.

지도자 과정으로 티칭은 또 어떤가. 거기다 발라드에 차밍 댄스와 음악 이론까지 배우는 데는 끝도 한도 없다. 소위 티칭이라고 하는 남을 가르쳐야 하는 부분은 쉽게 생각할 수 없는 중요한 부분이다.

트로트 공부는 혼자 하는 것만이 아니고 뜻이 같은 사람끼리 함께 하는 것이니 어렵지만 한편은 힘을 얻을 수 있다. 자신이 어려움을 겪기에 남의 절박한 사정에도 쉽게 동참하는 듯하다. 함께 하는 사람들끼리 서로 도와주면서 하는 모습을 보면서 힘을 얻는다. 어깨동무하듯 한뜻으로 모인 사람들과 어울려서 열심히 할 때 할 힘도 생기지 않을까 한다.

많은 악조건 속에서 시작한 트로트 공부는 뒤로 물러서기엔 아까운 공부다. 내가 뒤로 물러설 수 없는 부분이다. 일곱 살 때부터 피를 토하는 연습을 했다는 한 가수의 말을 새겨들어야 할 부분이 아닐까.

늦었지만 힘차게 희망가를 부를 날을 향해서 한 걸음씩 나아가야 할, 나의 또 다른 길이다.

버리지 못하는 것들

어릴 적부터 나는 책을 좋아했다. 큰아들 출생기념으로 세계문학 전집 한 질을 사들였다. ㄱ 당시 우리 집 형편에서는 거금을 순 책이지만 오십 가까이 된 큰아들이 지금까지 읽지 않았고, 바쁘게 살아온 나 역시 그 책이 마음 안에만 있을 뿐 읽어지지는 않았다. 이제 지금은 읽고 싶어도 눈이 침침해서 볼 수가 없다. 그저 옆에 두고 서로 지켜볼 뿐이다.

아이들 셋이 물려 입은 큰아이 배냇저고리와 막내딸이 어렸을 때 입은 분홍색 원피스는 내 청춘을 몸으로 보여주는 듯하다, 지금도 그이가 가끔 입는 털실로 짠 조끼와 점퍼도 나를 반긴다. 삼 남매가 가지고 놀던 삐삐 인형도 내 공부방 책꽂이에서 아직도 눈을 동그랗게 뜨고 나를 지켜보고 있다. 삶의 흔적이 배어 있는 상장과 상패, 우리 가족이 때마다 주고받았던 생일카드와 편지들도 버릴 수가 없다.

퇴직한 날로부터 지금까지 20년 넘게 써온 일기장도 버려지지 않는다. 코로나19로 밖에 나가지 못하는 지금 가끔 일기장을 다시 읽으며 그때의 순간순간이 어제 일처럼 새롭게 다가온다.

그뿐이랴. 옷가지도 쉽게 버리지 못하는 나의 모음 병은 중병에 가깝다. 그동안 모아 온 책꽂이에 그득하게 꽂혀 있는 책들은 어찌할 것인가.

얼마 전에 한 문우가 들려준 얘기로 친정아버지의 유품이 올케에 의해 흔적도 없이 사라진 것을 알고는 얼마나 애석하던지 다시 아버지를 잃은 것 같았단다. 유품이란 애정이 있는 사람에겐 더없이 소중한 것이지만 정신적인 유대가 없는 사람에게는 한낱 쓸모없는 물건일 뿐이라는 것을 알고 가슴이 아팠다.

칠순 즈음에 살림에서 손을 뗀 시어머니는 자신이 쓰던 국자와 주걱, 양념을 빻는 양은 절구 등 부엌살림 몇 점을 가져다주셨다. 그뿐인가. 나름 알뜰하다는 나도 흉내 낼 수 없이 깔끔한 어머니는 자기 죽음을 미리 알고 있었던 것처럼 옷가지도 다 버리고 한 번도 입지 않은 속옷 서너 벌과 한복 한 벌, 그리고 외출복 두어 벌만 남기고는 떠나셨다.

27년간 고부간으로 지내서 나를 잘 알아서인지 내가 입어주기를 바라는 마음으로 그 옷들을 남겼을 것이다. 나는 서랍장에 간직된 옷들을 어머니인 양 어루만지곤 한다. 사람은 죽음이 임박하면 자신의 죽음을 아는 것인가.

3년 반 전에 친정어머니가 남기고 간 옷도 몇 벌은 남겨두고 즐겨 입는다. 내가 버리지 못하는 것들은 내가 죽고 나면 누군가에 의해 미련 없이 버려질 것이겠지만 내가 살아 있는 동안은 나와 함께 남아 있을 것이다.

어머니와 평생을 함께했는데도 내 곁에 언제까지나 머무를 줄 알고 어머니에게 미처 여쭙지 못한 얘기가 있다. 아버지에 관한 이야기다. 이제 그분이 떠나셨으니 온전히 궁금증으로 남아 있다. 어쩌다 한 번씩 어릴 적 이야기를 들려주던 친정어머니가 떠나고 나니 하늘이 뻥 뚫린 것 같은 허전함이 가슴에 남아 있다. 어머니에게 더 묻지 못한 아쉬움이 허공에서 맴돌 뿐이다. 모든 건 때가 있는 법인데 그걸 미처 간파하지 못하고 머뭇거리고 있다가 당한 아쉬움이다.

오빠의 첫사랑이었을까

내가 여학교를 나와서 취업 준비를 하면서 처음으로 벽골제 근처 김제에서 사는 그 오빠를 찾아갔다. 부모 형제도 없이 외롭게 자라서 타지로 전근을 한 데다가 가정을 이뤄 아들까지 낳았다는 소식이 내 일처럼 기뻤다. 처음으로 본 오빠의 부인이 나를 직접 보기 전에는 내가 쓴 편지로 인해 싸움깨나 했다고 이야기했다.

나는 그녀에게 우리가 편지를 주고받는 동안 한 번도 만난 적이 없었다고 말해 주었다. 그분은 뿌리 없는 나무로 자리를 잡기까지 시난고난한 삶을 살면서 이리저리 휩쓸리면서 가정을 이루어 아들까지 낳느라 바빴을 테고, 나 역시 고향에서 중학교를 나와 서울에 있는 여학교로 진학을 하였고, 시골에 있던 동생들까지 전학을 시키느라 정신없던 때라 우리가 만나는 일은 생각도 하지 못했다. 그렇지 않았더라도 만나기는 쉽지 않았을 것이다.

오빠와 연이 닿은 것은 내가 중학교 이학년 때, 그는 산골초등학교의 교사로 재직하고 있었고, 그 학교와 우리 학교는 자매결연을 맺고 있었다. 낯모르는 초등학생에게 편지를 썼는데 코흘리개 이학년 어린 남학생의 삐뚤삐뚤한 답장 속에 딸려온 낯선 글이 그가 내게 보낸 최초의 편지였다. 내용인즉 자신은 그 학생네 집에서 하숙하고 있는 스물네 살 된 교사로, 홀로 자라서 각고 끝에 초등학교 교사가 된 외로운 사람으로, 내가 동생 같아서 편지를 보낸다는 내용이었다.

그 후로 나에게 공부하는 방법도 가르쳐 주고 유달영의 '소심록'과 김형석 철학 교수가 엮은 '생활의 창조' 등의 책을 보내주면서 나를 챙겨주었다. 고아로 자랐다는 말에 그에게 연민을 느꼈다.

연민이란 인간 사이에 느끼는 가장 순수한 감정이 아닐까. 그런 마음이 아니었다면 내가 그 집에 찾아갈 용기를 내지 못했으리라. 결혼한 것도 대견한데 아들까지 낳았다는 일이 기뻐서 찾았을 뿐이다. 다른 이유가 있었다면 서울에서 김제-그 먼 곳까지 찾아갔겠는가. 단지 외로운 오빠가 가정을 이뤄 잘 사는 모습을 보고 싶었다.

편지를 주고받는 동안 나는 중학교를 졸업하고 서울에 있는 여고로 진학을 했고, 아들까지 낳았다는 소식은 나를 그 집으로 한달음에 달려가게 했다.

그날 만난 오빠의 아내는 상냥하고 예뻤다. 그때만 해도 아내의 마음이 어떤 건지 전연 짐작도 할 수 없었던 때라 내가 보낸 편지가 그 언니의 가슴에 불을 지를 줄은, 상상도 하지 못했기에 남의 가정에 불씨를 만든 줄도 까맣게 모르고 있었다. 모르는 것이 죄가 될 수도 있는 일이다.

지금 생각해 보면 그때 내가 그 오빠를 만나러 간 것이 천만다행한 일이 아니었나 싶다. 만일 내가 거기에 가지 않았더라면 아마도 그 부부는 아무것도 아닌 일로 오래도록 불편한 시간을 보냈을지도 모른다. 언니도 나를 보자 안심이 되었다고 했다. 어린 사람에게서 받은 편지가 결혼해서까지 간직할 만큼 그분에게 소중한 것이었을까.

그러나 편지라는 것은 이상한 속성이 있어서 내용을 살필 사이도 없이 감정을 자극할 수도 있었나 보다. 별 뜻도 없는 편지를 오빠는 왜 고이 간직하고 있었을까. 그놈의 편지가 뭐라고 지니고 있다가 아내에게 그런 수모를 당했을까. 언니가 나에게 얘기하는 동안 오빠는 머리를 벽에 기대고 앉아 눈을 감고 있었다.

한참 후 산책이나 하자고 나를 데리고 나갔다. 황금 물결치는 들판을 지나 우리가 간 곳은 망해사였다. 어쩌다 한 번씩 마음이 울적할 때 그곳을 찾아간다고 했다.

만경평야의 너른 들판을 걸어가는 동안 처음으로 오빠는 내 손을 자기 손으로 꼬옥 감싸면서 한 번이라도 나를 만났더라면 자신의 운명이 달라졌을지도 모른다고 특별한 고백을 했다. 내가 너무 어려서 말을 하지 못했다는 거였다. 나는 깜짝 놀랐다. 그랬었구나. 아무것도 모르고 있는 나를 두고 오빠는 그런 생각까지 했었구나 싶었다.

사람의 속은 알 수가 없다고 그제야 깨달았다. 다시 시간은 속절없이 흘러갔다.

얼마 후에 오빠도 어린 아들을 데리고 우리 집에 다녀갔다. 그 후로 나는 답장을 보내지 않았다. 그리고 세월이 무심하게 흘러가는 동안 그는 팔순을 넘겼고 나도 칠십이 넘었다.

그때 우리 집에 데리고 왔던 아이는 지금쯤 오십이 훌쩍 넘었을 것이다. 세월이 이만치 건너왔는데 오빠는 어찌 되었으며 아버지 손잡고 왔던 아이는 그때를 기억하고 있을까. 가슴 한켠에 남아 있는 한 폭의 그림 같다.

결혼 전날 밤, 오빠와 주고받았던 편지를 아궁이에 넣고 태웠다. 그날 밤 활활 타오르던 불길이 눈부셨다. 나도 편지를 가지고 있다가 공연한 불씨를 만들고 싶지 않았다. 한 번이라도 나를 만났더라면 자신의 운명이 바뀌었을지도 모른다는 그 말이 걸려서 이별의 인사도 없이 나 혼자 끝내 버렸다.

불현듯 잊고 살았던 그가 생각났다. 아니 어쩌면 마음 깊은 곳에 앙금처럼 가라앉아 있다가 떠올랐는지도 모른다. 오빠는 지금쯤 어떻게 살고 있을까. 아직 이 세상에 머물러 있기는 한 걸까.

오늘은 망해사와 함께 젊은 날의 그의 모습이 아련하게 보이는 듯하다.

머무르고 싶은 순간들

이른 새벽 카톡방을 열었더니 태어난 지 삼 개월 된 손녀딸이 그네에 누워서 제 눈 위에 매달려서 흔들리는 장난감을 보면서 팔을 휘젓고 있습니다. 아기 어미는 아기에게 나지막한 목소리로 "기현아, 손으로 잡아봐."라고 말하면서 끊임없이 속삭입니다. 아비는 아마도 그 순간을 카메라에 담고 있겠지요. 오랜 세월 얼마나 기다린 순간인지요. 결혼한 지 육 년이 되도록 자식이 없어 간절한 마음으로 기다리던 아기였으니까요.

긴 시간 부모의 속을 태우면서 간절한 마음으로 건너온 길이 아마도 오늘의 그들 모습일 것입니다. 손녀는 마흔다섯 된 아비와 마흔 줄에 들어선 어미의 딸로 우리 곁에 왔습니다. 딸 하나를 얻자 자신들이 이 세상에서 가장 행복한 줄 알고 사는 것을 보면서 이 할미도 덩달아 기쁘답니다.

나는 큰아들에게서 장손과 그 밑으로 세쌍둥이 손자를 두었고, 막내딸이 아들 하나를 보태서 손자가 다섯인 집에 손녀는 달랑 하나뿐입니다.

나에게는 세 명의 자녀가 있습니다. 제 나이는 어느 사이 일흔다섯에 남편은 올해 일흔아홉입니다. 둘째 아들네는 우리 집에 딸을 선물처럼 낳아 주었습니다. 우리 부부가 칠십 대의 끝 무렵에 놓칠 뻔했던 큰 선물을 받은 셈이네요.

세상에는 머무르고 싶은 순간이 있는 것 같습니다. 그때가 언제인지는 각자의 복에 의해 초년이 될 수도 아니면 중년이 될 수도 있을 것입니다. 그리고 무슨 희망이 있을까 싶은 노년이 될 수도 있는 것 같습니다 우리 부부는 초년과 중년을 각고 속에 살아왔습니다. 해야 할 일은 많고 번민도 많았는데 지금 와서 생각해 보니 칠십 대를 사는 이 순간이 가장 한유로우면서도 편안한 순간이라고 생각됩니다.

우리는 뒤늦게 얻은 손녀가 한없이 사랑스럽습니다. 그 손녀를 보면서 지금이 머무르고 싶은 순간일 만큼 행복합니다.

늦은 나이에 딸 하나를 낳아서 세상에 자기들만 행복한 줄 알고 사는 둘째 아들 부부입니다. 친구들이 막내둥이 같다고 놀린다고 합니다. 그렇게 행복의 기준은 각자의 상황에 따라서 달라질 수 있기에 남들이 왈가왈부할 일은 아니라고 생각합니다. 늦게라도 자식을 낳은 그들이 부모로서 대견하고 기쁨을 누리라고 격려를 해주고 싶고 우리도 그들이 느끼는 기쁨에 동참하고 싶습니다. 한 가정에 있어서 원하는 자녀를 낳는다는 것은 분명히 행복한 일입니다.

세월은 멈추지 않고 제 할 일을 합니다. 끊임없이 흘러가는 세월 앞에 찰나를 사는 우리의 존재는 미미하기 그지없습니다. 짧게 짧게 오고 가는 우리네 인생사가 많은 것을 말해 줍니다.

다시 카톡방을 엽니다. 126일째라고 쓴 며느리의 글 밑에 '어머니 드디어 기현이가 뒤집기를 했어요'라는 감격스러운 며느리의 설명과 함께 손녀딸이 뒤집기 끝에 고개를 번쩍 든 채 웃고 있는 모습이 올라와 있습니다. 제 부모는 계속해서 추임새를 넣고 아기는 완전히 뒤집지를 못하고 머리가 말을 듣지 않아 올라오다가 내려놓고 또다시 들어 올리면서도 그 어린아이가 가끔씩 웃으면서 끊임없이 같은 일을 계속하면서 웃음을 잃지 않는 긍정적인 태도가 참 어여뻤습니다.

살아온 경험에서 얻은 교훈이라면 잘 먹고 잘 자고 성격 좋은 아기가 건강하게 모든 일을 잘해 나갈 것 같다는 생각이 들었습니다. 긍정적이고 잘 웃는 사람은 세상에 대한 불만이 없는 관계로 주어진 일은 잘할 것 같습니다.

제 아비처럼 배 둘레가 크고 넓어서 그렇게 느꼈습니다. 아기가 자라서 적극적으로 주어진 일을 잘할 것 같아서 안심이 됩니다. 우선 성격이 긍정적인 면이 마음에 들었습니다. 제 아비가 초등학교 2학년 때 선생님이 "선우는 아무리 주위가 어수선해도 개의치 않고 제 일을 한다."라고 전하던 말이 생각이 납니다. 우리 아들이 어릴 적부터 주위의 환경에 휘둘리지 않고 느긋하게 제 할 일을 한다는 뜻이겠지요. 그리고 보면 제 부모처럼 주위 환경에 크게 영향을 받지 않고 주어진 일을 하는 성향을 손녀가 닮았나 봅니다. 더군다나 나이 들어서는 어떤 환경에서도 묵묵히 제 할 일을 다 하는 것이 바람직한 것 같습니다. 지금 저는 비록 나이는 들었지만 가장 한유하고 행복한 순간을 사는 것 같습니다.

평온한 이 순간이 언제까지 계속될지 알 수는 없지만 오래 머무르기를 바랍니다. 제 삶이 끝나는 날까지 함께 이어진다면 얼마나 좋을까 싶습니다. 뒤늦게 만난 행복한 순간입니다. 손주들도 무럭무럭 자라고 있고, 뒤늦게 태어난 손녀딸까지 건강하게 커가는 모습을 바라보는 마음은 이 세상 어떤 보물보다 우리 가족에겐 놓치고 싶지 않은 소중한 순간입니다.

무릎 인공관절 수술을 마치고

십 년 이상 앓던 무릎에 결국 인공관절 수술을 했다.

인공 관절 수술을 하기 전에 어찌나 아팠다가 괜찮았다가를 반복
하던지 수도 없이 변덕쟁이가 되었다. 수술한 지인들의 경험담을 들
으면서 더 망설이고 있었다.

그런데 지난 3월에 발칸반도의 크로아티아와 슬로베니아, 그리고
보스니아에 여행을 갔다. 한 친구의 도움이 없었으면 여행 갈 엄두
도 내지 못했을 터인데 그녀는 여행을 가기 전부터 여행길 내내 참
으로 많은 도움을 주었다. 쉽지 않은 배려에 두고두고 고마운 마음
이다.

여행을 떠나기 전에 계속해서 무릎 통증이 있으면 수술을 하겠다
고 결심했었다. 여행 중에도 수시로 일어나는 통증을 견뎌야 했기에
결국 수술을 결정한 것이다.

두 무릎을 한꺼번에 했는데 경과가 좋았다. 수술을 마치고 한 달

간의 재활치료를 하고 나니 어느 정도 자신감이 생겼다. 재활치료 기간은 뼈를 깎는 아픔이 계속되었다. 관절을 구부렸다 폈다 하는 일은 고통 그 자체였다. 물속에서 걸음마 연습도 하면서 아픔을 극복한다.

그래도 수술 전의 통증에 비하면 훨씬 나아졌지만, 새벽에 자리에서 일어날 때 내 다리가 아닌 것 같은 불편함은 여전하다.

나의 수술을 가장 기뻐하는 건 옆지기다. 그이는 신기하다며 나를 앞에 세워놓고 이리저리 바라보면서 흐뭇해한다. 가끔 내가 나갈 때 뒤에서 걸음마를 배우는 자식을 바라보듯이 뒷모습을 바라본다고 한다. 다리가 났는 대로 어디든 신나게 돌아다녀 보란다. 설사 그렇더라도 내가 마음대로 장소 가리지 않고 돌아다닌다면 남편으로서 한결같이 좋아할 수만 있겠는가. 나 스스로 갇혀 지내는 나는 쉽게 움직이지 못할 것 같아 불안하다.

지인 중에 내가 수술한 것은 부러워하면서도 막상 자신은 할 수 없다고 단정 짓는 사람들이 적지 않다. 시시때때로 아프면서도 수술을 겁난다고 하는 그들이 안쓰럽다. 망설이지 말고 결단을 내리라고 하면 자신은 도저히 할 수 없단다. 나도 나 스스로가 결단을 내리기 전까지는 수없이 망설이면서 미적거렸으니 그들의 심정도 이해는 된다. 그래도 머뭇거리면서 결단을 내리지 못하는 사람들에게 결단을 내리라고 적극 권하고 싶다.

수술하고 나니 다리도 반듯해지고 순간순간 참을 수 없이 아프다가 아프지 않은 것만도 어디인가. 왜 아픔을 참으면서 스스로 괴로워하는지 이제 남의 일이 되고 보니 그럴 일이 아니라고 본다. 개구리가 올챙이 적 생각을 못 한다더니 내가 그렇다. 사람들은 말한다. 수술 후 1년은 되어야 어느 정도 자유로울 수 있다고. 솔직히 수술한 후 나도 아플 때마다 순간순간 엄습해오는 불안감을 떨칠 수가 없었지만 자유롭게 걸을 수 있는 지금이 행복하다.

줄 수 있는 건 사랑뿐이었다

젊었을 때, 집 한 칸이 없다고 한탄했다. 큰아이를 유모차에 태워 동네 뒷산에 올라가 너럭바위에 앉아 이렇게 많은 집중에 우리는 집이 없다고 한탄하던 때 이야기다.

먼 세월의 강을 건너온 느낌이다. 종가라는 이름 외에 아무것도 물려받지 못한 내 형편이 원망스러울 법도 하지만 젊은 혈기로 헤쳐 나갈 것 같은 용감함이 있었다, 그때는.

결국은 가난이 준 뼈저린 고난이 오히려 약이 되었다. 부모님이 우리에게 물려준 것이라곤 여기저기 남의 땅에 묻힌 몇 기(基)의 조상님의 묘소와 가난이 전부였다. 맞벌이로 부부가 열심히 일한 덕에 살림이 조금씩 펴지기 시작했다.

남편은 장손이 배워야 집안을 일으켜 세울 수 있다는 작은아버님의 도움으로 대학교에 입학할 수 있었다. 한 학기를 마치고는 입대하고는 제대한 후에 공무원으로 근무하면서 오십 대 후반에야 전공

과목을 바꾸어서 어렵게 학업을 마쳤고, 정년퇴직한 후 배움터 지킴이로 칠 년 동안 중학교에서 근무했다.

동생들 또한 자력으로 열심히 살고 있다. 부모가 어떻게 살아왔는지는 자식들이 보면서 배우는 것 같다. 부모는 자식에게 행동으로 보여주며 살고 자식들은 자식들대로 부모의 말없이 보여주는 행동에서 가랑비에 옷 젖듯이 자신에게 스며들어 그들 자식에게 대물림하면서 뚜벅뚜벅 길을 걸어왔다.

얼마 전에 평생 폐지를 모아 팔아서 어렵게 살면서 삼백억 가까이 모은 돈을 자신의 큰아들 모교에 장학금으로 내놓은 노부부 이야기를 매체를 통해 들었다. 자신들이 배우지 못한 것이 한이 되어 어려운 가운데서도 남을 돕겠다는 뜻을 세웠을 것이고, 자식들 또한 흔쾌하게 동의했다고 한다. 그들이 그렇게 큰일을 하기까지 따뜻한 밥 한 끼들 제대로 들었을까.

부모가 자녀에게 자기가 겪은 가난을 대물림시키지 않으려고 노력하면서 살듯이 자식들은 그들대로 적은 수입을 쪼개 많은 자식 키우는 모습을 보면서 감동을 받는다. 살림이 넉넉하지 않은 상황에서 아이들을 위해 제대로 쓰지도 못하고 살아갈 아들 부부를 생각하면 가슴 한켠이 짠하다. 어떤 부모인들 자식들을 제대로 가르치고 싶지 않은 부모가 있겠는가. 우리 집에선 형제가 많다 보니까 누가 시키지 않아도 스스로 양보하면서 사는 손주도 있어서 기특하면서도 대견하다.

어린 나이에 자신보다 부모 형제를 먼저 생각하기가 쉬운 일은 아닐 터인데 생각이 깊은 손주가 어여쁘다. 그러고 보면 부모로부터 물려받은 고운 심성과 강한 정신력이 고난을 이겨내기 위해 노력하면서 살아가는 데 큰 힘이 된다.

요즘 자녀 교육을 망치는 일은 어머니들이란 말을 교육의 일선에서 평생을 종사하고 나온 지인에게서 들었다. 지나친 자식 감싸기식 교육이 자식을 아무것도 할 줄 모르게 할 뿐 아니라 행여나 자기 자식이 불이익을 당할까 봐 학교 선생님께 도전하는 학부모의 왜곡된 자녀 사랑 때문에 곤욕을 치르는 것이 현재 학교 선생님들이 겪는 고초라고 한다. "내가 예뻐한 자식 남 눈에 못 괸다."라는 옛말이 무색할 만큼 세상이 거꾸로 가고 있다.

선생님의 그림자도 밟지 않는다는 옛어른들의 가르침이 무색할 정도로 지금은 오히려 선생님이 아이들 그림자도 밟으면 큰일 날 것처럼 학부모들이 난리를 치니 오히려 선생님이 경계하면서 조심해야 하는 시대가 되었다.

스승의 권위가 도전받는 세상은 앞으로 어찌 될 것이며 그런 세상이 올까 두렵다. 올바른 교육은 아무리 강조해도 넘침이 없는데, 마을 어른들의 바른 가르침이 없고, 스승을 대접하지 않는 나라에 무엇을 기대할까.

스승을 스승으로 섬길 때 우리 아이들도 올바르게 자라고 나라도 바로 설 터인데 내가 그들을 위해 할 일이 무엇이 있을까. 아무리

생각해도 해야 할 일이 없을 것 같다, 또 한 가지는 자신이 스스로
겪어낸 체험 이상 가는 스승은 없고 그것이야말로 자녀들을 위해서
도 물려줄 수 있는 귀한 가르침인 것 같은데 도무지 어떤 일을 어떻
게 해야 할지 답이 보이지 않아서 가슴만 답답하다.

백세인생을 살려면

전철 안에서 한 할아버지를 만나서 자리를 양보했다.

처음에는 앉지 않겠다고 하시더니 자리에 앉고는 내게 말을 걸었다. 연한 잉크 빛 남방이 깔끔한 인상에 잘 어울리는 그분의 말씀이 90대까지 부부가 해로한다는 것은 대단한 복이라고 하면서 자신은 90대 중반이라고 소개했다.

"그럼 마나님과 함께 사세요?"라고 물었더니 71살에 가버렸다고 한다. "그럼 재혼은 하셨나요?"라고 물으니 하지 않았단다.

왜 오랜 세월 재혼을 하지 않았느냐고 다시 물으니 "새로 여자가 들어오면 복잡해지는 관계가 싫다. 아내가 떠난 지 25년 가까이 배우자 없이 살기는 쉽지 않았다."라고 한다. 대단한 사람이라는 생각이 들었다. 그럼 누구와 함께 사느냐는 나의 물음에 큰아들네라고 대답했다. 잠시 함께 사는 며느리 생각이 났다. 모든 물건이나 사람은 있을 자리에 있어야 빛이 난다는 생각이 들었다.

그분과는 가는 길이 서로 달라서 이야기가 더 이어지지 못했다. 그의 말을 더 들을 수 없어 아쉬웠지만, 그것이 인생 아닌가. 부인이 없는데도 깔끔한 차림으로 밖에 내보내는 사람이 누굴까? 아마도 큰며느리의 보살핌이 아닐까. 자신의 인생 갈무리를 깔끔하게 하는 노인이 다시 보였다.

남편의 지인 중 몇몇이 상처를 한 후 재혼하지 않고 사는 사람들이 있다. 그들 말을 들어보면 재혼은 그리 만만하게 꿈꿀 일이 아니란다. 그들이 들려주는 말이 틀린 말이 아닐 것 같다. 어중간한 나이에 자유를 찾은 남자들이 결혼을 전제로 왜 아니 다른 여자들을 만나보지 않았겠는가? 남자 중 더러는 부인을 두고도 튕겨 나가지 못하는 남자들에게 상처는 일시적으로 해방감을 줄 수 있었을 것이다.

그렇지만 그것은 상대 여자의 속마음을 모를 때 하는 이야기다. 일단 결혼을 전제로 만나서 여자의 결혼 목적을 알고 난 다음에는 상황은 달라진다. 만나는 여자의 입에서 흘러나오는 돈 얘기에는 놀라움과 실망이 앞선다는 것이다. 경제력이 없는 노인은 재혼을 쉽게 할 수도 없고, 자식들도 아버지의 재혼에 관한 관심에서 자유로울 수 있겠지만, 어느 정도 기반을 갖춘 사람들이 상처하고 나서 재혼하는 경우 우선 자식들과 멀어지기가 쉽다.

남자들이 재혼하는 것은 자신의 노후를 편하게 살고 싶어서 하지만 돈이 목적인 재혼녀는 결혼하고 나서는 남편에 대한 태도가 달라질 수 있는 것 또한 현실이다.

물론 뜻이 맞는 좋은 상대를 만나서 봄날 같은 노후를 보내는 이들도 있으니 특별히 어떤 삶이 정답인지는 예단할 일은 아니지만, 노년에 상처해서 재혼 문제 앞에 선다면 가볍지 않은 일임에는 틀림이 없을 것 같다.

한 아파트 단지에 아흔이 넘은 바깥어른과 여든일곱 아내로 사는 일가가 있다. 우리 부부와 공통점이 많다. 나이 차이나, 자식 수까지 우리와 같아서 마음으로 가깝다. 그 집 바깥어른의 삶을, 나의 남편은 자신의 롤모델로 삼고 있다. 지금도 자신의 작업실에서 붓글씨를 쓰고 사진을 찍고 영상물을 만들어 유튜브에 올린다. 젊은이보다 더 젊음을 유지하는 비결이 아닌가 싶다. 음악 감상 등은 물론 건강관리도 철저하고, 못 하는 일이 없으니 배울 점이 너무 많아 신선한 충격을 받는다. 어느 날 길에서 만난 그분의 손에 담쟁이 뿌리가 들려 있었다. 무엇에 쓸 것이냐고 물으니 식물이 자라는 모습을 관찰해서 유튜브에 올릴 거라고 한다. 손가방 하나를 둘러메고 산에서 내려오는 모습이 나의 눈에는 소년이 엄마가 기다리는 집으로 돌아가는 모습 같다.

훤칠한 외모에 꼿꼿한 자세가 영락없는 소년이다. 나보다 16년이나 높은 연배인 분에게서 소년의 기상을 느끼니 그분이 살아온 족적이 누구라도 닮고 싶을 것 같다. 오 형제의 막내로 13살에 어머니를 여의고 할머니 손에서 자랐다고 한다. 얼마 전까지도 배드민턴을 치는 아버지에게 그의 아들이 그만 치라 했다고, 요즘은 철봉에 매달리거나 가볍게 걷기만 한다.

등산길에 그분을 자주 만나는데 나는 소년이라고 부른다. 그러면서도 이렇게 버릇없이 굴어서 어떡하느냐고 물으면 손사래로 괜찮다고 한다. 식물의 어린싹이나 풀꽃 한 송이를 소중하게 손에 들고, 오는 모습이 소년 같다.

아내 되는 분 또한 젊었을 때 수술 후유증으로 허리만 굽어서 지팡이를 짚었을 뿐 곱고 다소곳한 자세는 바깥분에 딱 맞는 한 쌍이다. 오후에는 어김없이 아파트에 딸린 솔밭공원을 줄기차게 걷는다.

명절 때 인사 한 번씩 갈 때마다 손수 만든 식혜나 정갈한 다과 대접을 받으며 여성다움을 닮고 싶다. 얼마나 다소곳하고 얌전한지 수줍은 소녀를 만나는 것 같다. 나의 남편이 바라는 그런 여인상이다. 지금도 손수 간장 된장을 담근다고 하니 젊은 사람도 하기 어려운 일을 한다.

늙도록 부부가 해로하는 모습은 보는 이들에게 언제나 유쾌함과 행복감까지를 선사한다. 스승의 날에 찾아주는 제자들 모습이 하나둘 사라지는 것이 애석하단다.

구순이 넘도록 아내의 수발을 받을 수 있으니 얼마나 다행이냐며 껄껄 웃는 모습이 바람결에 들리는 듯하다.

반백 년만의 해후

선희를 다시 만난 건 헤어진 지 52년 만의 일이다.

어느 날 앳된 목소리로 신희가 전화했다. 친구를 통해서 가끔 나를 궁금해한다는 말은 들었지만, 초등학교 3학년 때 헤어진 아이가 예순두 살 할머니가 되어 나를 찾을 줄은 몰랐다.

내가 선희와 인연이 된 것은 고2 때 그녀의 입주 가정교사로 들어간 때였다. 그때 그녀는 곱게 자라는 부잣집 맏딸이었다. 고등학교 때 단짝 친구의 큰언니의 딸이었던 선희와 50여 년 후에 만나는 일이 현실이 될 줄은 몰랐다.

홀어머니 슬하에서 4남매의 맏딸로 시골 출신인 나는 중학교를 졸업하자 고등학교를 서울로 유학을 왔다. 무슨 객기였을까. 교사가 되고 싶은 내 꿈을 아시는 교감 선생님까지 나서서 서울행을 말렸지만 나는 그 말을 듣지 않았다. 고학해서라도 어머니의 힘을 덜어드리고 싶었다.

가족을 떠나고 나자 고생이 시작되었다. 정릉 산꼭대기에서 살면서 산 아래에 있는 공동 수돗가에서 물을 사다 먹는 일은 쉬운 일이 아니었다. 한없이 긴 줄을 기다려서 지게에 져 나르는 일도 그렇고, 동네 우물에서 한밤중까지 조금씩 고이는 물을 뜨느라 긴 줄을 서서 기다렸다가 두레박질로 물을 떠다 먹는 일도 그랬다.

고1 때 처음 담임선생님이 소개해 준 아이가 중 2짜리 후배였다. 그리고 고2 때 두 번째로 만난 선희는 친구의 큰언니 딸로 초등학교 3학년이었고 수업 때 나와 마주 앉으면 다소곳이 앉아서 눈만 껌벅거리는 소녀였다.

어렸을 적 선희는 키는 자그마한 데다 눈이 유난히 크고 피부도 뽀얗던 인형처럼 예쁜 아이였다. 50년을 뛰어넘어 코로나 전에 만난 선희는 키도 훤칠하고 씩씩한 고운 자태의 할머니로 변해 있었다. 나는 꿈인가 싶었다. 어릴 적 선희는 바스락 소리에도 놀라서 금세 눈물이 또르르 흘러내릴 것 같은 겁 많던 귀여운 소녀였다.

부유한 집안의 2남 2녀 중 맏딸인 선희에게도 불운이 닥쳤단다. 그녀가 갑자기 어머니가 돌아가시는 바람에 동생들 돌보고 집안 건사하면서 주부 노릇을 하느라 힘든 삶을 살았다고 한다. 사람은 어려운 과정을 통해서 성장하는 것일까. 셋이나 되는 철없는 동생들을 돌보면서 그녀는 알게 모르게 성숙해졌을 것이다. 나는 그녀의 공부를 잠시 도와준 사람으로 학교 선생님도 아닌 나를 잊지 않고 찾아준 그녀에게 오히려 내가 감사할 일임에도 오히려 나를 만나서 행복하다고 했다.

선희네 집에 입주 가정교사로 있을 때 자다가 연탄가스를 맡아 죽을 뻔했다. 그때는 연탄가스로 죽어 나가는 일이 많은 때였다. 그때 선희네 집에는 금주라는 부엌일을 맡아 해주는 손등이 빨갛게 부풀어 있는 언니와 내가 함께 살았다. 내 방에서 잠자다가 일을 당했는데 선희 어머니는 "하마터면 남의 집 귀한 딸 죽일 뻔했다."라며 가슴을 쓸어내렸고, 그 일이 있은 후 선희 가정교사일도 그만두었다. 만일 그 일이 없었다면 오래 선희의 가정교사로 머물렀을지도 모른다. 선희가 별로 해준 것도 없는 나를 먼 훗날까지도 기억했다가 찾아 준 것은 아무리 생각해도 고마운 일이다. 친구와 셋이서 만나서 그때 이야기꽃을 피우면서 시간 가는 줄 몰랐다.

그녀는 시간이 지날수록 내가 생각났다고 했다. 아무것도 모를 것 같던 어렸던 선희가 나를 찾아 준 것은 어머니가 암으로 세상을 떠난 후 동생들과 힘들게 살면서 겪은 어려움이 많았기 때문이 아니었을까. 그녀가 23살에 결혼할 즈음 어머니가 돌아가셨다. 첫아들과 둘째 아들을 낳고 어머니 없는 집 맏이로 남동생까지 결혼시켰다니 곱게 자랐던 그녀가 갑자기 불어온 세파에 삶이 얼마나 고단하고 버거웠을까. 사람은 고난을 겪어봐야 철이 든다고 하는데, 뜻하지 않게 어머니를 여의었으니 그 어려움이 오죽했을까 싶다.

이른 나이에 동생들과 자녀들까지 모두 결혼시켜서 할머니가 된 지금은 평온한 노후를 보내는 듯하다.

부모가 되어

벼랑 끝에서 어려움을 극복하면서 살아왔다. 결혼 전에는 홀로 고생하시는 어머니를 기쁘게 해 드리기 위해 공부도 열심히 했고, 취직하고 나서는 봉급을 한 푼도 내 맘대로 써 본 적이 없었다.

여동생이 스케이트 배우고 피아노 배울 때도, 나는 봉급을 고스란히 어머니에게 바치고 차비도 타서 다녔다. 결혼하고 나자 당신에게 봉급을 바치지 않는다고 어머니가 서운해했지만 가난한 시댁과 가정 살림을 살기 위해선 어쩔 수가 없었다. 남편도 나와 오래 살다 보니 내 본심을 알아서 지금은 나보다 더 나를 챙긴다.

결혼한 후 지금까지 계속된 긴축 생활이고 내핍과 절제가 나의 지상과제다. 퇴직하고 나서부터는 이나마라도 내 시간을 나를 위해 쓴 것 같다. 문제는 그 또한 새로운 길이었기에 무수히 많은 시행착오를 겪었다. 많은 일을 벌여만 놓았을 뿐, 취미와 적성에 맞는 제대로 된 특기 하나 없다.

며느리는 네 명의 아이 돌보기가 버거울 것이련만 어쩌다 아들네 집에 가도 나에게 작은 일도 시키지 않는다. 나라고 어찌 잘못이 없으랴. 그래도 관대하게 대해 준다.

내가 할 수 있는 것과 좋아하는 것에는 차이가 있었다. 서예가 좋을 것 같아서 퇴직하자마자 시작했으나 욕심만 앞서서 포기하고 기타 연주 또한 그랬다. 어떤 것이든 뜻을 세웠으면 시간과 공을 들여 천천히 그러나 끊임없이 연습해야 한다는 것은 실패를 통해서 배운 귀한 경험이다.

그나마 20년 넘게 계속하고 있는 것은 글쓰기와 유교 경전 공부다. 한문은 선생님 강의가 가슴에 와닿고 도반들과 함께하니 일주일에 한 번 출석만 할 뿐 아는 것은 별로 없다.

다행인 건 나의 삼 남매가 "세상 어머니들이 우리 엄마처럼 사는 줄 알았는데 그렇지만은 않더라."라는 특별한 고백을 듣고 나서다. 자식이 알아주니 보람 있고 후회도 없다. 그나마 말을 앞세우지 않고 아이들 닦달이지 않고 욕심 없이 키운 덕분이라고 위안으로 삼는다.

직장 다닐 때는 왕복 4시간이 걸리는 출퇴근을 해야 했고, 맡겨진 소임을 충실히 해내느라 취미생활 같은 건 꿈도 못 꿨다. 나 자신이 허물투성이인데 누구를 허물하랴. 자신에게 후한 대접을 한 적이 없는 것이 남편에게서 후한 대접을 받는 것 같다. 내가 어떻게 살았는지는 처음엔 몰랐다가도 세월이 가는 동안 알게 되었다. 진실은 언젠가는 상대가 아는 것 같다. 아무리 작은 일이라도 나 자신을 남편에 앞서 생각해 본 적이 없었던 것을.

어렸을 때 책을 많이 읽지 않은 것 또한 후회로 남는다. 주부로 여기저기 쫓기느라 실력을 쌓지 못했다. 살아보니 실력이 자산인 것을 미처 생각지 못했다. 더 많이 실력을 쌓았더라면 지금 컴퓨터를 잘 다루지 못해 네 아이를 돌보느라 바쁜 며느리를 불러대지 않으련만 하고 후회가 된다.

주어진 환경에서 한눈팔지 않고 욕심 없이 열심히 산 결과 지금의 한유함을 누리는 것이 아니냐고 자위를 한다. 뒤늦게 욕심을 내는 건 손자들이 책도 읽고 악기 하나쯤 다룰 수 있게 공부 좀 해주었으면 싶으나 그들 또한 할 일이 많고 아직 가 보지 않은 길이라 나중에 후회할지 몰라도 지금은 알려고도 하지 않는다. 아쉽고 안타까워도 본인들이 살아보고 깨닫기까지는 참고 기다리는 수밖에는 없다. 그때까지 내가 세상을 떠나지 않고 기다려 줄지는 알 수 없지만.

세상 사는 이치는 후회가 먼저 온다는 사실을 본인이 체험해 보지 않으면 모른다는 일이 안타까워도 어쩌겠는가. 부모란 끊임없이 본을 보이면서 모범적으로 살아가는 일이지 않은가.

오월에 왔다가 오월에 떠난 사람

    너무 황당한 일을 당했다. 나는 그 친구가 한마디 인사도 없이 그렇게 허망하게 떠날 줄은 상상도 하지 못했다. 그는 내 초등학교 동창생이다. 코로나19가 수그러들고 있어서 스승의 날 즈음에서 초등학교 6학년 때 은사님을 뵈러 가기로 약속을 했다. 그런 중에 받은 뜻밖의 부고, 망연자실하였다.

    '아니 그 친구가 가다니!' 꿈인지 생시인지 도무지 가늠되지 않았다. 오랫동안 아내의 병시중으로 지쳐 있다가 부인 보내고, 여자 친구를 만나 외로운 사람끼리 비둘기처럼 서로 의지하고 지내는가 했더니 십여 년 만에 자신도 머나먼 길을 따라갔다. 긍정적이고 쾌활한 친구여서 심근경색이라는 지병을 앓고 있으리라고는 상상도 하지 못했다. 자신은 건강하다고 남 걱정만 해서 그런 줄만 알았었다.

    남자 혼자서 병석의 아내를 돌보면서 삼 남매 키워내기가 만만했을까. 그는 부자는 아니더라도 떳떳하게 살아왔다. 그는 언제나 마음이 부자였다.

뒤늦게 만난 여친과 그에게는 자식들이 있으니 자녀들이 결혼할 때까지는 서로에게 생활이 엮이지 않고 만나는 그런 관계로 지내왔다. 봉사도 다니며 늦게라도 마음에 맞는 여친과 서로 아끼며 오순도순 나름 재미나게 살고 있으니 다행이라 생각했다. 그런데 생각지도 않게 갑자기 떠나다니. 내가 그이에 대한 서운함을 털어놓아도 그는 혈육처럼 나를 다독여 주곤 했다. 그는 아픔이 많은 사람이어선지 남에 대한 이해와 배려심이 많은 사람이었다.

집안을 위해 고생했다고 정년퇴직 후에는 나를 옆에 태우고 세상 구경을 시켜 주겠다고 약속한 남편이 정년퇴직하기가 무섭게 자신의 취미생활에 바빠 나를 모른척한다고 내가 푸념을 할 때도 그는 그런 일쯤 가지고 무얼 그러느냐고 나를 다독여 준 친구다.

그날도 그랬다. 속상하다고 친구에게 전화했더니 친구가 마침 여친과 서해에 있는 섬에 가기로 되어있으니 함께 가자고 제안을 했다. 살면서 얼마나 아픔이 많았을까. 그런 중에도 친구는 초등학교 때 은사님께 수시로 안부 전화를 드리면서 나와 함께 일 년에 한 번 정도는 선생님을 찾아뵈러 가곤 했다.

철이 없었던가. 나를 챙겨주지 않는 남편이 야속했는지 그들 연인이 가는 섬 여행에 따라나섰다. 생각이 짧고 단순했던 나를 그의 여친이 '이해할 수 없는 사람'이라고 속으로라도 욕하지 않았을까. 그렇게 나는 연인들 여행에 혹이 되었다. 세상을 살아보니 아프고 힘들게 살아온 사람들이 남의 아픔에도 쉽게 동참한다는 것을 그때 알았다. 그 친구는 그만큼 인생의 폭이 넓다는 의미일 것이다. 친구가 다음에 또 가자고 했을 때 이번에는 내가 사양했다. 어렵게 시간을 내서 가는 그들에게 더는 폐를 끼쳐선 안 된다는 생각이 뒤늦게 들었다.

그날 밤 셋이 한방에서 동창생을 가운데 두고 여자 둘이 양옆에서 잤다. 나는 좀 멀찍이 친구 옆에서 잠을 잤다. 이성이라도 낯모르는 여자보다는 어렸을 적 친구가 더 가깝게 생각이 되었나 보다. 나야 아무 생각이 없었지만, 그날 밤이 친구에게는 고역이었을 거라고 혹자는 말했다.

그 친구가 가고 나자 친구에게 생전에 그날의 심정이 어땠었느냐고 묻지 못했던 점이 아쉽다. 그러고 보면 하고 싶은 말은 생각날 때 할 일이지 뒤로 미룰 일이 아니다. 함께 밤을 보낸다는 건 인생에서 의미가 있는 것 같다. 낯선 곳에서 함께 밤을 보냈던 혈육보다 더 마음으로 의지하던 친구가 한마디 이별 인사도 없이 다시 못 올 먼 곳으로 떠났으니 매우 애석하다.

코로나19로 다른 친구들은 빈소에 갈 엄두를 내지 못했지만, 나는 한 친구와 함께 빈소에 다녀왔다. 그날 밤늦은 저녁에 또 다른 친구가 자신은 이제야 부고를 보았노라고 전화가 왔다. 안과에 다니는 친구를 배려한다고 연락을 않은 것이 결국은 또 다른 아픔을 만들어 낸 꼴이 되었다. 그 친구도 마지막 가는 친구를 꼭 배웅했어야

했는데 하지 못했다고 아쉬워하는데 얼마나 미안하던지. 이렇게 나는 또 다른 후회를 낳고 말았다

빈소에는 섬에서 함께 밤을 보내고 그다음 날 해변을 거닐며 대화를 많이 나누었던 그의 여친이 나를 맞이했다. 나는 그곳에서 그녀에게 그날 밤 섬에서의 일을 사과했다. 내가 철이 없어서 그 귀한 시간에 끼어들어서 미안했다고 때 지난 사과를 했다. 그녀는 오히려 그날 함께 했던 인연으로 다시 만나 함께 그를 추억할 수 있다고 했다.

자신이 정한 약속은 칼같이 지키는 친구가 갈 길이 얼마나 바빴는지 올해 선생님을 뵈러 함께 가자는 약속을 지키지 못하고 떠나갔다. 황천길 앞에선 이승에서 한 약속이 헌신짝이 될 수밖에 없나 보다.

친구를 배웅하고 오는 길. 가로수마다 눈송이처럼 내려앉은 하얀 이팝꽃이 눈송이처럼 소복소복 빛나고 있었다.

며칠 전에 그 친구 생일날에 모처럼 가족이 모여 즐거운 한때를 보냈단다. 오월에 왔다가 오월에 떠난 사람. 해마다 오월이 오면 그가 생각날 것 같다.

4

풀뽑기

중심 잡기

"고래 싸움에 새우 등 터진다."라고 구순 넘은 친정어머니와 함께한 내 삶이 그랬다. 결혼한 지 빈백 년 가까이 총무로 살면서, 가랑잎처럼 파르르 한 성품의 친정어머니를 모시고 살기는 쉬운 일이 아니었다. 손자인 세쌍둥이가 어렸을 때는 아들네가 우리 집 근처에 살았는데 어머니로 인하여 하루하루가 살얼음판을 걷는 심정이었다.

그날도 그랬다. 어머니가 기분이 언짢은 채 절(寺)로 떠나셨다. 어머니는 어딘가로 가기로 마음을 정하면 마음이 바빠지고, 또 집안 단속을 하다가도 힘에 부치면 역정을 내고는 횡하니 떠나버린다.

떠나고 싶어도 떠날 수도 갈 곳도 없는 나는, 언제라도 마음만 먹으면 가볍게 떠나버리는 어머니가 부러웠다. 위아래로 치받치는 일이 많은 나로서는 꿈 밖의 일이다. 한편으로는 해야 할 일이 많은 내가 인생의 절정을 살고 있다는 생각도 든다.

그때 어머니와 나는 세쌍둥이를 키우는 아들네에 도움이 될까 해서 매일 아들네 집에 드나들었다. 어머니는 아침부터 출근하고 나는 도우미 아주머니가 퇴근할 때쯤 갔다.

어머니는 그게 운동이 됐던지 대퇴부 고관절수술로 불편한 다리가 좋아졌다. 지방에 살던 아들네가 네 자녀와 우리 집 근처로 이사를 올 때까지만 해도 아들네와 우리가 서로에게 마음의 언덕이 될 줄은 몰랐다. 나는 행여나 돈독한 고부 사이가 어려운 사이로 변할까 봐 내심 두렵기도 했지만, 손부의 따뜻한 보살핌과 아이들과 노는 재미로 어머니가 몰라보게 좋아졌으니 우리에겐 생각지도 않은 기쁨이었다. 아기들에게 둘러싸인 어머니와 나는 짝짜꿍과 곤지곤지로 날이 어두워지는 줄도 모르고 지내고 있었다.

그즈음 로마에서 신부님 서품을 받고 휴가차 나온 며느리의 오빠가, 여동생네 집에 잠시 와 있겠다고 했다. 그들 오누이 정이 애틋한 줄을 아는 나는 배려차원에서 어머니한테 "그 집에 다니는 일을 좀 자제해주었으면 좋겠다."라고 말씀드렸다. 서운하게 받아들인 어머니가 "젊은이만 사람이지, 늙은이가 사람이냐?"라며 내 마음에 돌풍을 일으키고 집을 나가버렸다.

며느리가 어느 날 나에게 "당분간 저희 집에 오지 마시라."고 했다. 직장에 나가는 며느리에게 매달려 손자들이 제 어미에게서 떨어지지 않으려고 울어대니 힘이 들었나 보다.

그동안 나는 자녀 넷을 기르는 며느리를 돕는다고 종종거리며 남편 채근해서 저녁을 일찍 차려주고 나도 먹느라 바쁘게 살았는데, 이해는 하면서도 서운했다. 내가 해온 일들을 돌이켜 보니 입이 짧은 며느리에게 물어보지도 않고 가져다준 반찬은 얼마나 버거웠을까는 나중에야 알게 되었다.

가슴은 아팠지만, 차라리 잘됐다고 마음을 다잡고 지냈다. 남편과 함께 여유로운 시간을 갖기도 하고, 사정이 있을 때마다 일일이 며느리에게 알리지 않아도 되니 편했다.

열흘이 지나자 아들에게서 엄마가 요즘 왜 오지 않느냐고 전화가 왔다. 사정 이야기를 했더니 "그 사람이 엄마를 얼마나 고마워하는데 그러느냐면서 오고 싶을 때 언제라도 오세요."리고 했다. 아들의 전화에 마음이 다소 누그러졌다.

내가 그토록 말려도 입에 맞는 음식 대접과 살갑게 대해 주는 손주며느리가 좋아서인지 아침밥 먹기가 무섭게 아들네 집에 가는 어머니와 며느리 사이에서 나 또한 얼마나 힘이 들었는지, 나는 목이 잠겨 목소리까지 나오지 않았다. 나는 힘들면 목소리가 우선 반응을 보인다.

목이 가라앉고 탁해지면 나를 아는 친구들은 어디 아프냐고 묻듯이 세심한 며느리 역시 그랬다. 내가 가지 않은 동안 마음이 불편했는지 전화로 "어머니가 편찮은 것이 아무래도 제 탓인 것 같아 죄송해요. 제가 너무 어리석어서 잘해 주시는 어머니가 귀한 줄 몰랐어요. 어머니 편하게 지내시라는 뜻도 포함되었어요."라고 사과를 했다. 어머니 오시지 않는 동안 아이들이 보채서 힘들었다고 보약을 지어드리고 싶다고도 했다.

나도 마음이 누그러져서 네가 걸어주는 전화가 보약보다 낫다고 말했다. 도우미 아주머니가 퇴근한 후 빈자리를 채워 주러 가는 나도 불편할 때가 있었을 터인데, 하물며 아침부터 젊은 사람 일에 일일이 참견하는 시외할머니의 간섭이 얼마나 힘들었을까. 우선 도우미 아주머니가 싫어했을 일은 안 봐도 본 듯하다. 그 후로는 내가 가자고 하기 전에는 어머니는 손주네 집에 가지 않으니 다행이다.

사람이 하고 싶은 말을 하지 못하면 아쉬움이 남지만 하고 싶은 말을 다 하고 나면 후련하기도 하지만 후회만 남는다는 것을 체험에서 얻은 깨달음이다.

더불어 사는 데 인내만큼 좋은 보약이 어디 있으랴. 그리고 아무리 가까운 사이라 해도 사람 사이엔 일정한 간격을 유지해야 한다는 사실을 한바탕 아픔을 겪고 나서, 우리 집은 다시 평온한 상태로 돌아왔다.

내가 동행하지 않는 한 이제는 어머니는 손주네 집에 가지 않고, 나도 지나친 관심은 오히려 부담된다는 것을 알았다. 며느리 또한 부모 그늘이 얼마나 든든한가를 느꼈으리라. 사람이 노쇠하면 자식의 말도 들어야 한다는 것도 어머니는 체험으로 깊이 느꼈을 것이다.

이 세상에서 가장 어려운 일 중의 하나가 관계가 아닐까. 상처받으면 깨지기 쉬운 가까이만 할 수 없고 그렇다고 일방적으로 멀게도 할 수 없는 가족관계. 사람은 적당한 간격을 두고 거리 두기를 하면서 살아야 관계가 원만하게 유지될 수 있음을 깨닫게 되었다.

그날 저녁 무렵, 아들네 집에 갔더니 "얘들아! 할머니 오신다."라는 며느리의 밝은 목소리에 여기저기서 손자들이 공처럼 튀어나와 품에 안긴다.

자신 뜻대로 산 어머니의 딸과, 며느리를 거느린 시어머니로 산 지난 세월이 꿈 같다.

그 강을 어떻게 건너서 여기까지 왔을까.

타성(他姓)바지

오래전부터 씨족사회 속의 타성바지는 설 곳이 없었다. 한 마을의 집성촌에 뉘처럼 섞여 사는 다른 성씨의 사람들은 스스로가 위축되기도 하고 소외감을 느끼기도 한다. 때로는 집성촌 사람들로부터 부정적인 눈초리를 받을 수밖에 없다.

시댁 윗대는 고을에서 내로라하는 집안이었는데 증조할아버지가 일찍 돌아가시는 바람에 작은 증조할아버지에게 상속된 재산은 흩어지고, 딸만 둔 집안의 유복자로 태어난 할아버지는 족보만 짊어지고 할머니와 함께 고향을 떠났다고 한다.

다행으로 할아버지의 누님네 집에서 산소 자리와 생활의 터전까지 마련해 준 덕분에, 소작농의 삶이었지만, 낯선 동네에서 발붙이고 살게 되었다고 한다. 시아버지는 일본에 징용을 다녀온 다음 적지 않은 식솔 거느리고 고생만 하시다가 내가 결혼한 지 6년째 되던 해 예순넷에 세상을 떠나셨다.

땅이 부(富)의 척도요, 삶의 터전인데 땅이 없는 집은 가난을 벗어나지 못하고 살던 때였다. 자신의 고생만 크게 느껴졌던 시아버지는 자식 공부시킬 힘이 없었다. 대신 숙부님은 명민하고 냉철해서 종손이 배워야 몰락한 집안이 가난에서 벗어난다면서 장손인 조카의 교육에 힘을 보태셨다.

어렸을 적부터 가난 속에서 자란 남편은 같은 처지의 친구들과 어울려 남의 집 시제 지내는 산소 주위를 서성거렸다고 한다. 한 집안의 종손으로서 어린 마음에도 자신의 힘은 모자라는데 가족이 모여서 차례를 지내는 모습이 부럽지 않았을까.

중고등학교를 장학생으로 어렵게 마친 남편은 숙부님 도움으로 대학교에 입학했다. 그러나 병역 관계로 한 학기를 마치고 군에 입대했다. 숙부님의 보살핌은 그이가 학업을 이루는 데 힘이 되었다.

결혼 후 20년이 지나고 나서 큰아들이 대학교에 입학하자 힘을 얻은 그는 대학교에 재입학 기회가 주어져서 아들 둘과 비슷한 시기에 전과를 한 후 학업을 마쳤다. 밤낮으로 이어지는 업무처리를 하면서 학교에 다니는 4년 동안 고생은 했지만 자기의 뜻을 이루었으니 보람은 있지 않았을까.

그가 4학년 때 나도 방송통신대 국어국문학과에 입학하고, 딸까지 대학에 갔으니 한때는 온 식구가 앞서거니 뒤서거니 하면서 학업을 이어나갔다. 지금 생각해 보면 그때는 힘은 들었지만, 희망이 불타던 시절이었다. 우리 집의 르네상스 시대가 아니었을까.

그이는 내가 직장에 다니는 동안 자녀들을 키워주신 친정어머니의 공을 잊지 못해서 치매에 걸린 장모님을 94세까지 모셨는지도 모른다. 어머니가 돌아가시기 2년 전에 여동생이 어머니를 요양원에 모셨다. 아이들은 끝까지 할머니를 모시지 못했다는 나의 자책에 대해 엄마가 할머니를 요양원에 보내지 않았으니 너무 자책하지 말라고 위로해 주었다.

가난한 집안의 맏딸로 살아온 나 역시 시가는 가난에서 벗어나게 해야 한다는 강한 책임감이 내 속 안에는 강하게 작용을 했었나 보다. 어려운 중에도 최선을 다해 살다 보니 오늘에 이르렀다.

남편도 정년퇴직한 후 20년이 되어 가는 동안 조상 시제 등에 지극한 마음으로 참석하면서 나름 보람을 느끼지 않았을까. 다른 성씨 집안이 시제를 모실 때면 번족하게 행사를 치르는 그들이 부러워 그들 산소 주위를 기웃거렸던 때가 어제 같다고 했다. 조상 묘소 앞에 일렬횡대로 서서 절하는 모습을 보면서 그 어린 나이에 속으로 자신은 언제쯤이나 저렇게 할 수 있을까를 점쳐보곤 했단다.

어떤 이유로든지 타성바지로 사는 사람들은 자신도 모르게 한이 쌓이나 보다. 그는 어렸을 때부터 집성촌에서 친척이 모여 사는 사람들이 매우 부러웠다고 한다. 남이 장군이 역적으로 몰리는 바람에 손이 귀한 집안의 장손이 되었다.

이제 우리 집은 큰아들이 아들만 넷을 두어 차례상 앞에는 남자만 두 줄로 꽉 차게 서는 것을 보면서 마음 뿌듯함을 느낀다. 순리대로 사는 사람에게 하늘도 돕는다고 스스로 위로를 한다.

　그이는 조선조 15명의 1등 개국공신 중 남재南在 할아버지와 남은南誾 할아버지 형제가 있는 것에 대해 긍지를 느끼는 듯하다. 며칠 전에도 불천지위(不遷之位) 중 한 분인 남재 할아버지의 시제에 다녀 왔다. 돌아가신 지 600년 된 분의 기제사에 망건을 쓰고 푸른 도포 자락을 여미며 분점을 통해 헌관으로 뽑혀서 정성스럽게 잔을 올리 는 동영상을 나에게 보여주며 말했다. "자랑스러운 조상의 후손 중 한 사람으로 육백 주년이 되도록 나라에서 기림을 받기가 쉬운 일일 까?"라고 말한다. 어렸을 적 타성바지의 설움을 뼈저리게 느껴 본 남편은 지금은 전국 각지에 있는 산소에 시제를 다녀와서 가끔 자랑 스러운 선조 얘기를 한다. 나도 성실하고 근면하게 가정을 이끌고 살아온 남편이 언제까지나 건강하게 다녔으면 한다.

(2020년 11월 13일)

　＊ 불천지위 : 나라에서 제사를 지내 줌.

며느리와 시어머니

추석날 낮에 큰 며느리가 갑자기 내가 부럽단다.

무엇이 부럽냐고 물으니 자기 남편 같은 사람이 큰아들이어서란다. 사실은 나도 부부 사이가 좋은 그들을 보면서 대단하다고 생각한다. 싸우자고 들면 왜 싸울 일이 없겠는가. 그녀에겐 혼자 잘난 맛에 사는 세상에서 제일 무섭다는 중3인 큰아들도 있다. 그런데도 부모 앞에서 한 번도 언짢은 모습을 보인 적이 없다.

그런 사람이 너의 남편이어서 나도 네가 부럽다고 대답했다. 큰아들 밑으로 삼둥이까지 데리고서도 힘든 내색 한 번 보이지 않고 키우는 며느리가 참으로 대견하다. 눈에 핏줄이 빨갛게 터진 모습을 본 적이 있는데 며느리에게 나로서는 한 말이 아니라는 걸 생각하니 순간 아차 싶었다.

추석 연휴 중 이틀이 지나도록 자식들 누구 하나 전화 한 통화도 없다가 작은아들이 전화했다. 이제까지 그런 일이 없었는데 눈물이 쏟아졌다. '아, 내가 늙긴 늙었나 보다.'고 생각되었다. 새로 산 찜기에 식혜를 해야 하는데 찜기 사용법을 모르는 나는 큰며느리가 전화해 주기만을 기다리다니…. 자식들이 효도하기를 바라지 않는다고 하면서도 내심으로는 알아서 해주기를 바라는 이기적인 면이 나에게는 있다.

나도 내 마음을 모르는데 알아서 해준다는 것은 귀신도 못 할 일이 아닌가. 어지간한 일은 내 선에서 차단한다고 하면서도. 정작 상대편을 살피지 못하고 내 입장만 내세웠으니 후회가 되었다. 모든 것을 손수 해주어야 하는 철부지 아들들의 엄마로서 며느리가 느낄 힘듦과 외로움이 얼마나 클까 생각하니 그녀가 측은하다.

이번 추석에도 정부 방침은 가족끼리라도 다인은 모일 수 없다고 한다. 우리 부부는 작은아들네가 불편할까 봐 추석 전에 미리 아들네 집에 다녀왔다. 그랬는데도 추석 전전날 다녀가겠다고 했다. 그런 그들이 내심 감사했는데 당일 아침 올 수 없다고 대신 큰며느리가 연락했다. '올 것이 왔구나.' 우리 집에 오는 문제로 작은아들네가 부부싸움을 했느냐고 물었더니 그건 아닌 것 같으니 안심하시라는 대답이다.

추석 전날 혼자 온 작은아들이 하는 말은 아내의 지적질에 화를 좀 냈단다. 나는 여자인데도 남편의 지적질이 별로 달갑지 않다. 그런데 아내의 지적질이 뭐가 그리 달가울까 싶은 마음이 시어머니 마음이다. 작은아들이 부부싸움 끝에 제 형에게 전화로 도움을 청하고 바로 화해했다고 해서 가슴을 쓸어내렸다. 그러고 보니 형제가 있다는 게 얼마나 다행인가 싶다. 결국 작은아들네는 이번 추석에 아들 혼자 온 것이다.

조카들이 워낙 저희 숙부모를 좋아해서 작은아들네가 우리 집에 오는 날이면 평소 잘 오지 않던 손자들이 와서는 잠까지 자고 간다. 지금 새로 태어난 손녀딸도 제 아버지를 보면 웃음만 선사한다니 그 애는 사람의 사랑을 받는 특별한 재주가 있나 보다. 작은아들은 부부만 살 때는 싸움을 하면 일주일도 말하지 않고 지냈는데 딸이 태어난 뒤로는 금세 말을 하게 된다고 했다.

이번 추석 명절에 혼자 다녀가는 작은아들에게 화해가 늦어지면 이혼까지 가는 부부를 보았다고 이야기해주면서 "너희 아버지의 좋은 점 한 가지는 잘잘못을 가리지 않고 부부 분쟁이 있을 때마다 네 아버지가 나에게 전화를 걸어주었다."라면서 네 아버지를 닮으라는 당부의 말을 했다.

"어머니 먹을 걸 많이 싸 보내 주셔서 잘 먹겠습니다."라는 작은 며느리의 인사를 듣고 나서야 이번 명절에 우리 가족의 안녕함에 행복하였다.

추석 전날 아침. 밖을 내다보니 주차장에 시골에 가려고 차를 기다리는 부부인 듯한 모습을 보면서 이번 명절을 지내고 난 후 얼마나 많은 며느리가 명절증후군을 앓을까 염려의 마음이 들었다.

지방에 사는 두 시동생네 집에서 형님 추석 잘 지내시라는 인사와 함께 두 동서가 봉투를 보내왔다. 나도 거기에서 반을 그들에게 되돌려 보내면서 "부부가 오붓하게 식사나 한 끼 하라."는 문자를 날렸다. "우리 형님 멋쟁이, 센스있어요." 손아래 동서의 화답이 돌아왔다. 동서가 나에게 보내는 최고의 찬사다. 내가 직장생활 할 때는 동서들과 다정하게 지내지 못했다. 이제 좀더 가까워진 것일까. 동서의 격려에 내 삶이 비록 힘들었어도 헛살진 않았구나 싶다.

추석이 지난 며칠 후, 자녀들과 산소에 성묘를 다녀왔다. 시부모님 산소에 눈꽃처럼 하얗게 핀 구절초를 보면서 생전의 어머님을 뵙는 듯 반가웠다. 눈부신 구절초로 환생한 어머님은 누런 황금빛 들판을 내려다보면 '잘 가라'고 우리에게 오래도록 손을 흔들면서 배웅하시는 듯했다.

이번 추석 명절을 보내면서 며느리와 시어머니의 특별하고 소중한 인연을 새삼 생각하게 된다.

풀뽑기

20년 넘게 한문 공부를 같이하는 후배가 하모니카를 배우기 시작했다고 한다.

또 시작했구나.

내 눈은 반짝거렸다. 배움의 길에 그녀가 하고자 뜻만 세우면 못하는 일이 없는 사람이다. 이번에도 뜻을 세웠으니 이루어내고야 말 것이라는 생각이 들었다.

젊은 날 사물놀이 교실에서 처음 만나서 함께 공부한 후배다. 한동안은 그녀와 경기도 북쪽 요양원과 여성 주간에 인사동 거리 공연과 구청 행사 공연도 함께 다니며 쌓은 정도 깊다. 그녀는 하늘을 향해 징채를 흔드는 내 모습이 좋았다고 말한다.

내가 퇴직 후에 제일 먼저 했던 공부가 서예였다. 매일 아침부터 저녁까지 연습하다가 참을성이 없는 나는 그만두었지만, 그녀는 높은 경지까지 올라가 있다. 내가 살아온 삶 중에서 그때 도중하차한 서예가 지금까지도 아쉽다. 생각해 보면 공부란 하고자 하는 의욕만으로 한순간만 열심히 한다고 되는 게 아니다. 긴 시간 쉬엄쉬엄하는 것도 공부의 한 방법이리라.

나이는 나보다 네댓 살 아래지만 그녀는 배움을 향해서는 물불 가리지 않고 열정적으로 한다. 배움에는 가방끈의 길고 짧음이 중요하지 않다는 것을 그녀를 보면서 알았다. 그보다 더 중요한 것은 하고자 하는 의지다. 내가 해 보니 배움을 실천으로 옮기기가 쉬운 일이 아니다. 그럼에도 그녀는 마음으로 하고자 결정만 내리면 꼭 해내는 의지가 남다르다.

내가 서울 북쪽에서 용인으로 이사 온 지 삼 년이 되어가는 지금까지도 한문 공부를 그만두지 못하고 서울로 가는 이유 중에는 그녀가 내게 끼치는 영향도 한몫한 것 같다.

많은 사람 중에 같은 취미로 긴 세월 함께 하기도 쉽지 않다. 어쩌다 보니 쌓인 세월만큼이나 이심전심 마음이 통하는 사람을 만나는 것은 행운이지 않을까. 언니 같은 동생이어서 마음으로 많이 의지가 되는 친구다.

작년에 중국 황산에 갔을 때 그녀는 켜켜이 쌓인 한을 풀어 놓았다. 공부가 하고 싶다고 어머니께 말씀드리면 어머니는 밭이랑의 풀을 모두 뽑으면 학교에 보내준다고 했단다. 그녀는 그런 어머니의 말만 믿고 열심히 풀을 뽑았단다. 다 뽑았다 하고 저 윗고랑을 쳐다보면 거기엔 어느 사이에 풀이 소복이 나 있더란다. 위쪽을 뽑고 나면 아래쪽에 풀이 나 있고 다른 한쪽을 뽑으면 한쪽은 언제나 풀 자리가 마를 사이가 없다 보니 공부할 길은 멀고 어머니에게 항의도 못 하고 너무 지치고 힘이 들어 속만 태우다 상경해서 직장에 다니다가 결혼했다는 그녀.

어진 남편 만나서 자기가 원하는 공부를 하면서 행복한 삶을 살고 있다는 그녀의 말을 들으며 김유정의 단편소설 '봄봄' 생각이 났다. 점순이가 키가 크면 결혼을 시켜 준다는 장인될 사람의 말만 믿고 점순이와 결혼을 하고 싶은 욕심에 세경도 받지 않고 머슴으로 죽도록 일만 한 남자 이야기다.

공부하는 순간이 너무 행복하다고 환히 웃는 그녀는 딸을 위해서 외손녀 셋을 키웠다. 때로는 외손녀를 데리고 와서 공부할 때도 있었다. 하루는 비 오는 날 한문 교실에 갔더니 그날도 그녀 옆 유모차에서 외손녀가 자고 있었다. 우리는 가끔 외손녀를 우리 학우라고 불렀다. 유모차에 앉아서 공부하던 외손녀가 할머니를 닮아서인지 자라면서 공부도 잘하고 사려도 깊단다. 그렇게 외손녀 셋을 길러냈다. 눈물의 빵을 먹어보지 않은 사람은 빵의 소중함을 알지 못하듯이 할머니 손에서 자란 외손녀들이 지금은 그 친구의 자랑스러운 친구며 조언자란다. "낳은 공은 없어도 키운 공은 있다."라는 말을 그녀에게서 체험한다. 선생님이 칠판을 지우려 하면 나서서 칠판을 지우는 그녀에게서 감동을 받곤 했다.

나도 그녀의 열정을 닮고 싶다. 정열과 투지까지도. 우리는 알게 모르게 서로에게 좋은 영향을 끼치면서 따라 하기를 하는지 모르겠다. 내가 하모니카를 배운다는 말에 자극을 받아서 하모니카 배우기를 시작했다면 나로선 더 바랄 것이 없다.

"사람은 자신이 하는 일에 대하여 신념을 가져야 한다. 그리고 자신이 옳다고 확신하는 일을 실행할 만한 힘을 다 가지고 있는 법이다. 자신에게 그런 힘이 있을까 주저하지 말고 앞으로 나아가라."라고 괴테는 말하지 않았던가.

여자의 마음

연애 기간 없이 중매로 만나 3개월도 되기 전에 어머니의 강한 권유로 결혼을 했기에 남편에 대해 아는 게 별로 없었다.

평소 남편은 정년퇴직하면 나를 옆에 태우고 내가 좋아하는 산사에 다니겠다고 한 약속을 굳게 믿고 불만 없이 살았다.

그런데 믿었던 남편이 퇴직하고는 나와의 약속은 까맣게 잊고 자기 취미생활에만 빠져서 지냈다. 고생도 함께 했으니 취미생활도 함께하는 것이 당연한 거로 생각한 나였는데 그의 생각은 달랐다. 부담이 싫었던 것 같다. 그는 부부로서 고통은 함께 나누는 건 몰라도 부담은 나누고 싶지 않았나 보다. 다른 데 가서 배우라면서 상처를 주었다.

나는 아버지 없이 자라서 남자의 속성에 대해서 잘 모른다. 남편을 저 높은 곳에 올려놓고 나서 내가 받은 대접이었다. 그러고 보면 상대방을 무조건 우대할 일도 아니다.

남편이 퇴직하고 나서 10년도 넘게 한곳에서 네 쌍이나 부부가 함께 탁구를 한다고 자랑삼아 늘어놓는 것도 모자라 함께 탁구를 하는 여자들은 남편이 죽고 나면 편안해지더란 여자도 있다고 했다. 심지어는 나의 남편이 자신을 좋아한다고 나에게 대놓고 얘기한 여자도 있었다. 한번은 초등학교 동창회에 다녀오더니 여자 동창생이 남편이 죽은 뒤에 신수도 훤해지고 춤도 춘다는 말도 했다.

말로는 나이가 칠십이 넘으면 남자, 여자가 따로 있는 게 아니라면서도 내가 있으면 행동에 제약을 받는 게 싫어서인지 나를 밀어내면서 하는 말이다. 그이는 서울 북쪽 한 곳에서 50년 가까이 살다가 이곳으로 이사 왔을 때까지도 탁구를 히노리 내 시간씩 차를 타고 서울에 다녔다. 그것도 모자라 코로나가 오기 직전까지 수지구청에 다니면서 탁구를 했다. 내가 아는 보통의 여자들은 설사 남편이 병석에 있다 해도 먼저 가고 나면 애석해하는 걸 보아왔는데 나의 남편과 취미생활을 함께하는 여자들은 자기 남편이 아닌 다른 남자 앞에서 이상한 행동과 말을 하는 여자도 있나 보다.

그이는 현직에 있을 때 업무상 필요에 의해 나 몰래 춤을 배웠다고 했다. 언젠가 남편 고등학교 동창들 부부와 카바레에 갔는데 그의 친구가 나의 손목을 끌고 가서 남편이 다른 여자와 춤추는 현장을 보여주는데 기절할 뻔했다. 그것도 그날 그 현장을 나에게 들키고 난 다음에야 들은 이야기다.

그러면서도 심혈관 질환을 앓는 자신을 알아주지 않는다고 투정을 한다. 하긴 놀 때는 아픈 것도 잊고 있다가 집에 와서야 아픈 게 생각나나 보다. 혹시 나를 자신의 어머니쯤으로 착각하는 건 아닐까.

그런데 코로나19로 발이 묶이자 새벽에 나와 함께 아파트 뒷산으로 걷기를 한다. 맨손체조 등 몇 가지 운동을 하고 집에 올 때는 따로 온다. 그러면서 나에 대해 관심도 늘어났다.

그는 자연히 삼시 세끼를 집에서 해결해야 하는 처지가 되었다. 그리고선 갑자기 집밥 예찬론자가 되었다. 어쩌다 한 번씩 외식을 하고 와서는 집밥이 좋다고 묻지도 않은 말을 한다. 그이는 온종일 자신의 방에서 온통 휴대전화와 친구가 되어 지내거나, 거실에서 TV를 보다가 잠을 잘 때에 안방으로 건너온다. 가끔 시제 등에 다녀와서 어려운 한자가 나오면 나에게 와서 묻기도 한다.

그러던 그이가 사회적 거리 두기로 외부 사람들을 만나지 못하게 되자 집안일에 관심도 늘어나고 집안청소도 하는 등 애처가가 되었다. 따뜻하게 차를 타다가 함께 마시자고 내 방으로 건너와 말을 걸기도 한다. 그 이전에는 생각지도 못한 일이다. 이러다가 혹시 부엌일까지 빼앗기지 않을까 은근히 걱정도 된다. 이럴 바에는 앞치마 하나 둘러줘서 냉장고 청소라도 부탁할까.

갑자기 나는 생각지도 않게 호강하며 살게 된 것이 낯설다. 어쩌다 한 번씩 둘이 나갈 때는 나의 등을 다독여 주면서 나를 대접하면서 살라고 말한다. 살다 보니 남편의 따뜻한 대접도 받게 되었다.

일삼아 전화기 충전도 해주고 옷매무시도 고쳐 주고 관심도 보이며 나 자신을 사랑하면서 살라고 일러 준다.

친구가 떠나거나 친구 부인이 떠났다는 부고를 받는 일이 잦아지면서 생긴 변화다. 부인이 떠난 어떤 친구는 한 오 년 정도는 하루라도 부인의 묘소를 다녀오지 않고는 심리적으로 심한 아픔을 겪는다는 말도 해준다.

코로나19가 바꾸어 놓은 그이의 일상이다. 그러나 앞으로 그이가 어떻게 바뀔지는 코로나가 끝나봐야 알 일이다. 섣부른 판단은 미리 할 일이 아니니까.

아무리 귀한 손자라 해도

오래전 이야기다. 회사에 단짝 친구가 있었다. 그 친구는 어머니 없이 자란 집 두 딸 중 큰딸이다. 우리 어머니가 그런 친구를 특별히 생각해주었다. 혼기는 찼는데 시집을 가기 어렵다고 생각했는지 나의 친정어머니가 중매하셨다. 어머니는 혼사란 그저 콩 주고 두부 사 먹을 만하면 된다고 생각하신 분이다.

그때 한 동네에 외아들과 둘이 사는 아주머니가 있었다. 우리 어머니 보기에 그 아주머니가 손끝도 야무지고, 판단도 정확해서 그런 분의 아들이니 신랑감은 더 볼 것도 없다는 생각했다. 그래서 아내 고생은 시키지 않을 것 같다는 판단으로 신랑감은 보지도 않고 중매를 섰는데 친구와 결혼을 하게 되었다.

그런데 아들은 오랫동안 취직도 하지 못하고 있었으며 성격도 까칠했던 것 같다. 취직이 안 되는 아들로, 며느리만 고생만 시키니 그런 시어머니 처지에서 며느리에게 미안하고 얼마나 고마웠겠는

가. 사람은 양심이 있어서 아무리 귀해도 자기 자식 흠은 모를 수가 없다. 친구 시어머니는 며느리를 매우 귀하게 여겼다. 속이 깊은 내 친구는 내게는 아무 내색도 하지 않고 자신의 시어머니를 끔찍하게 섬기면서 고부간에 서로 아끼면서 살았다.

오랜 시간이 지난 후 친구에게서 들은 이야기는 하루는 친구가 하도 속상해서 남편 밥도 챙겨주지 않고 밖에 나갔다 집에 왔더니 자기 아들 둘이서 할머니가 밥을 주지 않았다고 울먹이더란다. 평소에 할머니가 손자들을 금쪽보다 더 소중하게 아끼는 것을 알기에 친구가 어머니께 왜 그러셨느냐고 물으니 "내 아들이 굶고 있는데 네 아들만 밥을 먹이면 되겠냐?"라고 되물으시더란다. 그래서 친구가 무릎을 꿇고 앉아서 어머니께 다시는 그러지 않겠다고 빌었단다.

시어머니의 입을 통하지 않고는 친구가 얼마나 힘들게 살고 있는지 우리에게 전해지지 않았다. 나의 어머니가 내 친구에게 미안해하면 그 친구는 그럴 필요 없다고 오히려 내 어머니를 위로했다. 그래도 나의 어머니가 엮어주셨으니 시집을 갔지 자기 같은 환경에 나의 어머니가 아니었으면 제대로 시집이나 갔겠느냐고 오히려 고마워했다. 그 집식구들은 오래도록 나의 어머니에게 고맙다고 했다. 서로서로 고마워하는 마음이 가치가 있지 않을까. 지금은 친구 남편도 매우 너그러워지고 편해졌다.

비록 두 어머니는 모두 이 땅을 떠나셨지만, 그 친구는 두 아들 며느리들의 효도를 받으며 남편과 둘이서 젊었을 때 남편이 하던 가게를 아직도 경영하면서 편안하게 살고 있다. 그래도 젊었을 때 가게를 마련했기에 이 엄중한 코로나 시절, 모두 죽겠다고 아우성치는 세상에 할 일이 있어서 편안하게 살고 있다고 부부가 환히 웃는다.

이혼을 밥 먹듯이 하는 세상에 참고 산다는 일이 얼마나 소중한지 생각하지 않을 수 없다. 올해로 친구 남편도 팔순이 되었고 그들도 결혼한 지가 50년 가까이 되었다.

젊은 날 현명한 친구의 인고의 삶을 보면서 참고 견디는 자만이 끝이 있다는 보람에 대한 가치를 음미해 본다.

비둘기처럼 오순도순 사는 친구 부부를 보면서 따스한 온기를 느낀다.

역지사지(易地思之)

드디어 올 것이 왔다.

그렇지 않아도 가슴이 조마조미했있는네 '띵똥 띵똥' 하고 초인종 소리가 들린다. 아니나 다를까 아래층에서 참다못해 왔다고 했다. 설이어서 고만고만한 사내아이만 넷이 모였으니 조심시킨다 해도 오죽하겠는가, 당연한 일이라고 머리를 조아렸다. 올해 다섯 살인 외손주까지 모이면 할미는 간이 콩알만 해진다.

우리도 남에게 민폐를 끼치면서도 위층에서 쿵쿵거리거나 소음이 심하면 남편은 참지 못한다. 차마 위층에 가서 항의하지는 않지만 몇 번씩이나 불끈불끈 주먹을 쥐었다가 편다. 그때마다 내가 말리지 않으면 이웃과 얼굴을 붉히면서 불편하게 살게 될지 모른다. 자기도 싫으면서 왜 남에게 끼치는 민폐는 생각지 못하는가.

특히 연세 드신 어른들이 속을 좁게 쓰는 걸 보면 안타깝다. 남에 대해 불편함을 느낄 때는 우리도 젊은 시절에 아이들을 키우면서 남에게 끼쳤던 민폐를 생각한다면 그러지 말아야 하는데 그렇지 않다. 자기 손톱 밑의 가시는 크게 느끼면서도 남의 염통 곪는 줄은 모른다는 말이 있듯이 남이 느끼는 어려움은 잊기가 쉽다.

아이들 친구네 이야기다. 위층에서 하도 시끄럽게 떠드니까 아랫집 엄마가 쫓아갔다고 한다. 가서 보니 아뿔싸 큰아이 담임선생님네 집이더란다. 서로 아무 말도 하지 못하고 인사만 하고 어정쩡하게 내려왔단다. 서로가 참고 배려했더라면 서로 불편한 감정 없이 편하게 살았을 터인데 그러지 못한 일이 아쉽다. 그래서 옛말에 참을 인 자 셋이면 살인도 면한다는 말이 있나 보다.

나도 어머니 생전에 보이지 않던 것들이 어머니가 돌아가시고 나자 서서히 보이기 시작했다. 내가 어머니와 사는 내내 우리는 마주 보고 서서 팽팽한 기 싸움으로 서로에게 상처만 입히면서 살았다. 어머니가 돌아가시고 나자 비로소 상대방의 처지가 조금씩 보이기 시작한다. 어머니는 어머니대로 나 어렸을 적부터 나에게 아낌없이 주셨던 정만 내세우셨고, 나는 나대로 친정 식구 거느리고 살면서 힘들었던 내 처지만 내세우면서 어머니의 입장을 살피려 하지 않았다. 사람은 자기가 상대 때문에 불편을 겪을 때 상대편의 입장에 서면 부딪칠 일이 없겠으나 자신만 생각하는 이기심 때문에 상대를 이해하지 못하고 괴로움 속에 허우적거리며 사는가 보다.

얼마 전에 거실에 안마의자를 들여다 놓고 아래층에 소음이 나면 어쩌나 노심초사했다. 아래층과 친분이 있는 며느리는 사정 이야기를 하면서 혹시 불편하지 않으냐고 물었단다. 그런 일은 전혀 없는데 밤에 쿵쿵거려서 불편하다고 그러더란다. 그래서 며느리가 우리 부모님은 저녁 아홉 시만 되면 주무시는 분들이라 그럴 리 없다고 말했단다. 위층에 어린아이가 있어서 소음의 괴로움을 아는 며느리가 사정 이야기를 하면서 혹시 그렇지 않을까 했다고 한다. 매일 조용하다가 명절에 잠깐 겪는 괴로움을 참지 못하고 정초부터 올라와서 조용히 해줄 것을 주문하는 바람에 민망해서 추운 날인데도 아이들을 데리고 키즈카페에 종일 있다가 왔다. 저희 집에서 편히 있다가 당한 일이라 나도 딸도 어쩔 줄 몰랐다.

역지사지라고 내가 불편함을 느낄 때 한번 심호흡을 하고 다른 사람이 나로 인해 겪을 불편함을 생각한다면 어지간한 불편함쯤은 쉽게 넘어갈 수도 있지 않을까.

아들은 평생을 층간소음 연구원으로 살고 있다. 젊은 나이에 어떻게 알고 그런 직업을 택했을까. 그리고 현명하고 사려 깊은 며느리는 넷이나 되는 아이들을 데리고도 층간소음에서 자유롭게 살고 있다.

그녀는 이사 가면 우선 네 아이를 데리고 아래위층으로 인사를 다닌다. 또 아이들에게도 발뒤꿈치를 들고 다니도록 철저하게 교육 시키니 아이들 건강에도 좋고 이웃 간에 친하게 지내게 되니 일석이조다.

애완견의 전성시대

엘리베이터 안에서 애완견을 어린아이 다루듯 정성스럽게 안고 타는 부부를 보았다. 튼튼하게 생긴 남자는 강아지를 폭 가슴에 안고 여자의 손에는 몇 가지 소품이 들려 있었다.

강아지에게 꽃무늬 예쁜 옷을 입히고 머리에는 꽃핀까지 꽂혀 있는 모습이 영락없이 막 태어난 아기를 강보에 싸서 안고 병원에서 막 퇴원하는 모습 같았다. 강아지를 병원에 입원시켰다가 퇴원하는 길이라고 했다. 자기 집에서 키우는 강아지가 병이 나서 병원에 데려갔다가 삼백만 원의 치료비가 들었다는 직장 선배 생각이 나서 그 얘기를 했더니 "얘는 그것보다 훨씬 많은 돈을 주고 나서 퇴원시키는 중"이라고 했다. 그래서 나는 "얘는 부모를 잘 만나서 어지간한 사람보다 훨씬 나은 대우를 받고 산다."라면서 우리는 웃으면서 헤어졌다.

자녀가 어떻게 되느냐고 물으니 아이들은 이미 다 컸다고 한다.

아무래도 강아지를 품에 바싹 안고 귀여워하는 모습에서 참으로 따뜻함을 느꼈다.

강아지가 아니었으면 어떻게 처음 본 남자와 짧은 순간에 스스럼없이 이야기를 할 수 있었을까. 소년처럼 말하는 그 집 남편의 이야기를 들으며 사람은 누구라도 자신이 하는 일에 관심을 두면 쉽게 마음을 열게 되나보다고 생각했다. 설사 낯가림이 심한 남성일지라도. 그럴 때는 예외의 일이 벌어질 수 있나 보다. 보통은 자식에게라도 거금을 쓰기가 쉬운 일이 아닐 터인데. 참 따뜻한 부부라고 생각됐다. 그래서 사람은 끊임없이 무언가에 심취해서 일해야 한다고 생각했다.

나는 젊을 때 새끼 진돗개 두 마리를 기른 적이 있다. 온 식구가 그들로 인해 행복해하며 살 무렵 어딘가에서 쥐약을 나누어 먹고 길길이 뛰다가 죽는 모습에 충격이 너무 커서 다시는 애완견을 기르지 않겠다고 결심을 했다. 아이들도 그때 받은 충격이 너무 컸던지 우리 집에서 애완견 이야기는 금기시되어서 지금까지도 지켜지고 있다.

내 방에서 내려다보면 넓은 공원 마당에 애완견을 기르는 사람들의 모임인 양 각자의 애완견을 데리고 나와 함께 어울려 있는 사람들을 종종 볼 수가 있다. 마치 젊은 날 우리가 자식들을 놀이터에 데리고 나가 시간 가는 줄 모르고 이야기꽃을 피우듯이 지금은 애완견을 데리고 나와서 젊은 날 우리가 했던 것처럼 자기의 애완견을 자랑하면서 시간 가는 줄 모르고 친교를 나누는 것을 보면서 만감이 교차한다.

210그램짜리 애완견 장례식을 알리는 플래카드가 걸려 있는 선전 포스터를 보았다.

오래도록 애완견을 기르던 친구가 있다. 그녀는 애완견이 수명을 다해 죽자 때마다 개의 무덤에 찾아가서 슬픔을 달랬다고 한다. 강아지도 정이 들고 정성을 다해 기르다 보면 자식이나 진배없다지 않은가. 어떤 사람은 강아지에게 유산을 남겼다는 이도 있다지 않은가.

어른의 시간

 공무원으로 만난 우리 부부는 가난한 집 종손과 장녀라는 이유 같지 않은 이유로, 마음이 통했다. 중학교 때 공무원에게 시집을 가고 싶다고 한 나에게 한 친구는 너는 부자로 살긴 어렵겠다고 했어도 나는 그 말이 싫지 않았다. 부자로 살기보다는 떳떳하게 살고 싶었다.

 그때는 가난을 벗어나기가 힘들다는 인식으로 공무원이 남편감으로 인기가 없던 시절이었다. 남편과 나는 밥 먹듯 돌아오는 야근과 특근, 비상 근무에 제대로 생활도 하기가 힘들면서도 개미처럼 일만 했다.

 그러다가 뜻하지 않은 IMF라는 경제 위기에 처했을 때, 나는 후배들에게 자리를 내주겠다는 명분으로 1999년에 명예퇴직을 했고, 남편은 3년 후에 정년퇴직했다. 정년퇴직 자리에서 그이는 나보고 "당신 덕분에 직장에서 하고 싶은 말 하면서 떳떳하게 근무했다."라고 특별한 고백을 했다. 그이는 바르고 떳떳하게 살려고 노력했다. 나중에 알았지만, 경찰관으로 정년퇴직까지는 쉬운 일이 아니라는 걸 젊을 때는 잘 몰랐다.

그이는 아침에 조회할 때마다 출근부에 날인하는 순간부터 퇴근할 때까지 교도소 담을 타는 심정으로 근무하라고 직원들에게 훈시했다고 한다.

그이의 청렴한 성품은 인사를 담당하는 상관이 소위 말하는 좋은 자리를 추천해도 기관장이 '그 사람은 안 된다'라고 하는 바람에 언제나 남이 선호하지 않는 자리를 주로 거쳤다. 그래서인지 퇴직하고 나서도 어려움을 함께 나눈 직원들과 인간적인 교류를 하면서 지금도 노후를 잘 보내고 있다.

어렸을 때부터 공부를 잘한 그이는 경찰관으로 근무하는 동안 승진 시험을 볼 때마다 승진이 되었는데, 맞벌이 아내인 나 역시 교대 근무를 했기에 자식들 교육을 위해 지방에 가지 않는 선에서 그이는 승진 시험을 포기했다. 그래서 퇴직할 때까지 20여 년을 한 직급으로 근무했어도 후회는 없다고 한다. 동우회에서 후배들이 남편의 손을 잡고 선배님의 가르침 덕분에 무사히 연금 수급자가 됐다고 인사를 받는다고 한다.

그이는 퇴직 후에 두 중학교에서 7년 동안 배움터 지킴이로 근무했다. 언제나 어른으로서 사회적 책무를 다하려고 노력하는 남편에게 학교 선생님들도 행동거지를 조심했다고 한다. 모든 것이 가지런히 제자리에 있지 않으면 안 되는 사람이라 군대에서도 컴퓨터란 별명을 달고 업무를 수행했다고 한다.

결혼 전부터 50년 세월을 한곳에서 터를 잡고 살았다. 나는 집에서 과천종합청사까지 하루에 네 시간도 넘는 곳으로 출퇴근하면서 15년간 근무를 했다. 나 하나만 희생하면 되는 줄 알고 이사할 생각을 하지 않았다.

큰아들이 대학에 합격하자 용기를 얻은 남편은 파출소에 근무하면서 살얼음판을 걷는 심정으로 4년 동안 전과를 해서 야간대학교 법학과를 졸업했다. 학교에 다니면서 애로사항이 이만저만이 아니었단다. 학교에 다닐 때 주간만 근무하는 부서로 보내 달라고 했다가 서장은 이해를 해주어 편의를 봐주고 싶었는데 바로 윗선에서 막혔다. 퇴직 후 동우회에서 만난 그 상관은 남편을 보자 몸을 둘 바를 몰라하면서 그때 일을 사과했다고 한다. 사람은 한 치 앞을 모르기에 능력이 있을 때 선의를 베풀 줄 아는 삶이 현명한 삶이 아닌가 싶다.

그이가 4학년이 되던 해, 나도 한국방송통신대학교 국어국문학과에 입학해서 우리는 뒤늦게 캠퍼스 커플이 되었다. 한때는 다섯 식구가 모두 대학생이었는데 그게 남편에게 자긍심을 심어준 것 같다.

일생을 살아오는 동안 어느 순간도 긴장을 늦추지 않고 살아온 덕분에 노후에 우리는 나라에서 주는 연금으로 생활하고 있다. 긴축과 절약이 몸에 밴 나는 지금까지도 물 한 방울도 아끼고 절약하면서 살고 있다. 부모를 보면서 자란 3남매 아이들도 제자리에서 열심히 살고 있다. 큰손자 밑으로 삼둥이가 태어나자 초등학교 때 은사님께서 소욕지족(少慾知足)의 정신을 일깨우는 가르침을 서예로 써서 보내 주셨다. 사람이 분수를 알고 욕심을 줄이면 행복할 수 있다는 가르침일 것이다.

사실 기본 생활비는 그다지 많은 돈이 필요치 않다. 국가에서 주는 녹이란 기본 생활비 정도를 벗어나지 않지만 감사하면 모든 게 순조로운 것이라고 오랜 공직 생활에서 얻은 깨달음이다. 아이들이 초등학교에 다닐 때 선생님들이 공무원 부모를 둔 자녀들은 어디가 달라도 다르다고 말씀하셨다. 공무원을 부모로 둔 자녀는 결혼할 때 환영을 받는 신붓감이 되기도 한다.

퇴직금을 일시불로 받았던 남편 동료는 오래지 않아 생을 마감한 사람도 있다. 근심을 안고서는 제명을 다 채우기가 힘들다는 것을 터득했다. 돈은 벌기보다 쓰기가 중요한 것이니 분수를 지키며 사는 일이야말로 행복으로 가는 지름길이 아닐까 싶다.

지금처럼 나라가 휘청거릴 만큼 어려울 때 연금으로 안분지족(安分知足)하면서 노후를 보내는 편안함이 어디인가. 우리 부부를 보고 닮은 자식들 역시 그들 자식에게 본이 되는 삶을 살지 않을까 싶다.

신이 주신 선물

큰아들이 맏손자 밑으로 삼둥이를 포함해 네 명의 손자를 낳았고, 막내딸이 아들 하나를 보태 손자만 다섯이다.

아기 소식이 없어서 내 속을 태우던 둘째 아들이 올해 초. 손녀를 낳았다. 우리나라에서 처음으로 인구가 이만 명이니 준 엄중한 때에 손녀 출생은 나라에 큰일을 한 건 물론, 우리 집에는 더없이 반가운 소식이 되었다.

부모가 자식에 대한 바람은 끝이 없는 것이어서 늦도록 결혼을 하지 않아 애를 태우던 작은아들이 늦게 결혼해서 한고비 넘겼다 했더니. 오래도록 아기 소식이 없어 속으로만 애를 태웠다. 이제 예쁜 손녀를 낳았으니 천지 사방을 보고 감사 인사를 하고 싶은 심정이다.

뒤늦게 아버지가 된 작은아들 역시 꿈같은가 보다. 평소에 감정 표현이 별로 없는 아들이 제 딸이 예뻐서 어쩔 줄 모른다. 평소 조카들 사랑도 많은 아들이니 제 자식을 보았으니 말해 무엇하랴. 남편도 어찌나 기쁜지 추운 날 '소실봉'에 올라가서 몇 날 며칠 떠오르는 해님을 보면서도, 지는 달님에게도 감사 기도를 드렸단다.

손녀만 둔 스승님 부부께서 내 작품집 '할머니가 쓴 세쌍둥이 육아일기'를 열심히 읽었더니 아들이 손주를 안겨 주더라는 사모님 말씀을 들었던 생각이 난다. '그 마음이 이 마음이었겠구나!' 싶었다.

우리 집안도 남이장군이 역적으로 몰리는 바람에 오래도록 손이 귀한 집안이었는데, 우리 대에 와서 아들만 두었음을 감사히 여겼지만, 사람의 욕심은 끝이 없는 것이어서 작은아들네 임신 소식에 내심으로 손녀 욕심도 생겼다. 자식 일만은 마음대로 할 수 없는 게 사람의 일이라는데 인생 후반에 와서 얻은 기쁜 소식이지만 자제를 한다.

큰아들네가 한꺼번에 삼둥이를 낳자 시고모님께서 나의 공으로 돌리셨다. 삼둥이는 며느리가 낳았는데 그분은 그 공을 왜 나에게 돌리셨을까? 그분은 내가 어려운 집을 말없이 일으켜 세웠다고 생각하시는 분이다. 형제끼리 우애가 좋은 우리 집은 손자들 역시 저희 삼촌과 숙모를 친부모 젖혀놓고 따른다.

골목 친구가 사돈이 되었는데 이사 오기 전 며느리의 친정집에 삼둥이가 스스럼없이 놀러 다닐 만큼 삼촌과 숙모를 좋아하는 아이들이다. 생각지도 않은 코로나 시절에 아기가 태어났는데, 아비조차도 태어날 때부터 조리원에 가 있는 아기와 제 아내를 두 번밖에 보지 못했단다. 출산을 위해 병원에 입원할 때와 조리원에 입소할 때 짐을 가져다줄 때 잠깐 보고는 영상으로만 보는 게 전부였다. 아기는 하루가 다르게 쑥쑥 자라고 있다. 신기한 일은 삼둥이들이 결혼 전부터 삼촌이라고 불러서 그러려니 했는데 초등학교 육학년이 된 손자도 작은아버지를 지금까지도 삼촌이라고 부른다.

새삼스럽게 호칭을 바꿔 부르게 되지가 않나 보다. 올해 초 사촌 여동생이 태어났는데도 아이들에게는 여전히 삼촌이 최고다.

저희 집에 난생처음 각자 방 하나씩을 차지하고서도 삼촌이 우리 집에 오자 침대도 없는 불편한 방에 함께 자겠다고 넷이서 나란히 베개를 놓고 옹기종기 자는 모습이 어여쁘다. 삼둥이에게 기다리던 여동생이 태어났지만, 아기는 보지도 못하고 코로나로 집에 자주 오는 삼촌을 독차지하는 삼둥이들이 신났다.

작은아들이 워낙 아이들도 좋아하고 따뜻한 성품이어서 그러려니 하지만 제 조카들에게 인기 있는 특별한 이유가 아마도 그애에겐 있을 듯하다. 아이들 눈높이에서 대해주고 조카들과 함께 있을 때는 집중해서 말을 들어주고 어루만져준다.

할머니가 살아계실 때 할머니와 제 여동생에게, 부족한 용돈에서도 밥을 사줬다는 말을 나중에 딸이 들려주었다. 귀한 자식일수록 아무거나 잘 먹게 하고, 엄격하게 기를 필요가 있다고 주문하고 싶다.

작은며느리는 조리원에서 퇴원해서 친정집에서 지내는 동안 남편이 아기에게 우유도 잘 먹이고 뒤처리는 물론 목욕까지 거뜬하게 시킨다고 들려주었다. 나의 삼 남매 중 나와 가장 오래 살았지만, 집에서는 아무것도 할 줄 몰랐다. 엄마인 나의 불찰이 아니었나 생각해 본다. 결혼할 때 며느리를 잘 도와주라고 교육을 시키기는 했지만 자상한 남편이니 며느리의 불만이 나에게 전해지지 않아서 고맙다.

내가 그 아이를 낳았을 때를 돌이켜 본다. 큰아이 아래로 낳은 아들인데도 형과도 잘 지내고 순했다. 초등학교 저학년 때 선생님께서 '선우는 주위가 아무리 어지러워도 제 할 일을 한다.'라고 말씀해 주셨던 생각이 난다. 여동생이 생기자 얼마나 예뻐하던지 여동생 볼을 꼬집으며 진저리를 쳤다. 그 아이는 선천적으로 마음이 따뜻하고 사람을 좋아한다.

그 애들이 어렸을 때는 내가 직장에 다니기도 했지만, 할머니를 포함해 열 식구가 좁은 집에서 복작거리며 살 때도 있었다. 그런 환경이 아이의 성품을 형성하는 데 도움을 주지 않았나 싶기도 하다.

아들만 넷인 큰아들네도 심혈관을 앓는 제 아버지를 저희 곁으로 이사 오게 했다. 만일 아들의 배려가 없었다면 이 엄중한 시기에 우리는 꽤 외롭게 지내지 않았을까. 자기주장이 강한 딸도 시부모님을 옆에 모시고 말없이 사는 것을 보면서 역시 사람은 자란 환경이 중요하지 않나 싶다.

부모는 자식의 거울이라는 말이 가슴에 와닿는다.

심곡서원을 다녀와서

　'심곡서원'은 성리학에 조예가 깊은 학자이며 정치가로 사림파를 이끌고 이상 정치인 왕도정치를 꿈꾸며 급진저인 사회개혁을 추진하다가 1519년 기묘사화 때 사사된 정암 조광조를 기리고 제사를 지내기 위하여 세운 서원이다.

　조선조 11대 중종 14년 1519년 기묘년에 남곤, 심정등 사장파(詞章派)의 훈구 재상들에 의해 조광조가 정국공신(靖國功臣)으로, 중종반정(中宗反正) 1506) 연산군을 폐위시키고 성종의 둘째 아들인 중종을 11대 임금으로 추대할 때, 공을 세운 107명의 공신 중에 자격이 없는 자가 많다고 하여 심정, 남곤을 포함한 76명의 공신호를 박탈하자, 훈구파는 주초 음모를 써서 조광조가 반역을 꾀한다고 투고하여 조광조는 사사되고 70여 명에 달하는 신진사류가 참화를 당한 사건이다.

　시월이 무르익은 쾌청한 날. 가족이 함께 조광조 선생 사당인 심곡서원을 찾았다. 큰아들네가 큰손자 밑으로 삼둥이를 포함해 아들만 넷을 두고 보니 할머니로서 손자들에게 현장 교육을 해 보겠다는 의욕이 발동한 것일까. 그이도 할머니로부터 받은 교육이 팔순을 바라보는 지금까지도 강하게 자신을 지배하고 있다고 무언의 압력을 가하는 말이 채찍이 된 것 같다.

심곡서원(深谷書院)은 너른 터에 앞이 탁 트이고 완만한 경사를 이루고 건물이 전학후묘(前學後廟) 방식으로 편안하게 배치가 되어있어서 좋았다.

사회 분위기가 폭군 연산군에 의해 무너진 사회 기강을 바로 세우기 위해 변화를 모색하고 있던 시기였는데 선생은 사림파를 이끌며 독자적인 목소리를 내기 시작했다. 특히 유교를 정치근본으로 삼아야 한다는 자치주의와 왕도정치의 실현을 역설하였다. 그는 사림파를 이끌면서 훈구대신의 부패를 질타하고 잘못된 제도를 혁파하고 새로운 질서를 수립하고자 급진적인 개혁을 추진하였는데 특히 위훈 삭제를 추진하는 과정에서 개혁의 내용이 급진적이어서 당시 기득권 세력이었던 훈구파의 강한 반발과 노여움을 사게 되었다. 그리하여 1519년 전라도 능주로 귀양을 갔다가 사약을 받고 죽었다.

그러나 선조 초에 신원되어 영의정에 추증되고 광해군 2년 1610년 문묘에 종사 전국에 원(院)과 사당(祠堂)에 배향하였다. 1636년과 1650년 지방 유지의 공의(公儀)로 효종(孝宗) 원년에 조광조의 학덕과 덕행, 충절을 기리기 위해 서원을 설립하였으며 지방 교육에 일익을 담당했다. 효종은 '심곡(深谷)'이라는 현판(懸板)과 토지 노비 등을 하사하여 심곡서원은 사액 서원이 되었다. 이곳은 1871년 흥선대원군(興宣大院君)의 서원철폐령 시 조광조를 모신 서원 중 유일하게 훼손되지 않고 현재까지 존속하고 있는 사당 중의 하나로서 선현에 대한 제사와 지방 교육을 담당하고 있다.

심곡서원의 경내 건물로는 최초 사당을 중심으로 제향 기능을 강조하여 지어졌으며 이후 앞쪽에 일소당(日昭堂) 현재의 강당(講堂)이 전면에 위치하고 뒤쪽에 배치된 사우(祠宇)와 재실(齋室) 장서각(藏書閣) 등, 조선 시대 서원의 전형적인 전학후묘(前學後廟) 형식을 갖추고 있으며, 사당에는 정암 조광조와 그를 위해 여러 차례 상소를 올린 학포 양팽손의 위패가 봉안되어 있고 매년 2월과 8월의 중정일(中丁日)에 향사(享祀)를 올리고 있다. 위패를 묘현면에 있는 정몽주(鄭夢周) 제향(祭享)의 충열서원(忠烈書院)에 이향(吏鄕)하였다가 심곡서원으로 옮겨서 제향과 지방 교육의 일익을 담당하였다.

일소 당인 강당(講堂)은 원내의 여러 행사 및 유림의 화합과 학문의 강론 장소로 사용되고 있다. 정암집 등 고문서가 장서각(藏書閣)에 보관되어 있고, 규모는 사우 3칸 동재. 서재가 있고, 내삼문 외삼문 등으로 구성되어 있고, 장서각 맞은편에 있는 고직사(庫直舍)는 서원을 관리하던 관리인(庫直, 고지기)이 머무는 곳으로 대청마루 등을 갖춘 ㄱ자형 4간 집이다.

연지(蓮池)는 선생께서 친히 파시고 연꽃을 심었다 하는데 매폐되었던 것을 1994년에 복원하였고, 선생이 손수 심으신 수령 500년 된 은행나무와 느티나무 두 그루가 서원 뒤에 있다. 그뿐만 아니라 청청하게 서 있는 대나무 숲이 선생의 서슬이 퍼런 기개를 말해 주는 듯해서 숙연했다. 그곳이 개발지라 담 바로 옆에 마을버스 정류소가 가까이 있는 점이 안타까웠다.

예나 지금이나 아무리 뜻이 바람직하더라도 너무 급진적인 변화나 무리하게 추진하는 것은 자칫 실패를 불러올 수 있다는 것을 역사는 가르쳐 주고 있다. 우리의 역사가 그렇듯 세상일은 점진적이고 차분하게 바뀌어야 실패할 확률이 적다는 점을 느낀 일이다.

그리고 한 가지 더 짚고 넘어가야 할 일은 남곤 자신이 주동이 되어 기묘사화를 일으켜 같은 김종직의 문인으로서 비록 뜻을 달리했지만, 조광조 같은 아까운 사림파를 없앤 것에 대해 만년에 죄를 자책, 자신이 남긴 글이 뒤에 화를 남길까 봐 자신의 사고를 불태웠다는 사실은 후손의 한 사람으로 애석한 일이지만, 자신이 저지른 일이 잘못된 일인 줄 알고 뒤늦게라도 인정하고 그런 용단을 내렸다는 것 또한 문인으로서 남곤다운 대단한 용기라고 생각한다.

심곡서원에서 멀지 않은 곳에 자리 잡은 조광조 선생이 묻힌 묘소는 6·25 전쟁 이후 50년이나 방치되어 있다가 1996년부터 정비를 시작하여, 아직도 중장비가 동원되어 부지런히 정비하고 있었다. 햇볕은 따사롭고 아이들이 힘차게 연을 날리는 모습을 조광조 선생이 뒷짐을 지고 미소를 지으며 내려다보는 듯하다.

일본 문학 기행

2017년 11월 3일부터 11월 6일까지 3박 4일 일정으로 일본 동경을 중심으로 한 문학기행을 가기 위해 김포공항에서 히네디공항을 향해 출발했다.

첫 공식행사로 공항에서 약 두 시간을 차 안에서 도시락을 먹으면서 이동한 이타바시 구립문화회관 그린 홀에서 한일 양국 간 문학인들의 상견례가 있었다. 양국 회원은 각자 자기 나라 전통복장을 갖추고 일본 문인들이 미리 착석한 자리에 한국 문인들이 그들의 박수를 받으면서 입장을 해서 2시간 동안 교류 파티를 했다. 양국 간 껄끄러운 면이 없지 않은 데도 문학인들은 그에 구애받지 않고 시를 낭송하고 상대 나라의 노래를 부르며 마음을 모아 교류를 하니 아마도 이것이 문학의 힘인가 보다.

올봄 일본 문인들의 한국 문파 문학의 초청으로 '한국인의 집'에서 있은 문학 행사에 대한 답방 형식이었는데 일본 문인들의 섬세함과 손님에 대한 깍듯한 환대가 가슴을 훈훈하게 했다.

이번 여행의 시작은 동경의 옛 풍물을 느낄 수 있는 시바마타와 제석천 다이쿄지 절의 정원은 오래된 목조 건물로 정교하게 건축이 돼 있는 곳이다. 백제인 형제가 세운 아사쿠사와 세타가야 문학관의 가을은 인상 깊었다. 낙엽 되어 떨어지는 나뭇잎은 우리나라의 풍광과 다르지 않아서 친근했다. 그곳엔 열정적인 한 예술가의 예술세계가 한눈에 펼쳐져 있었다.

그리고 동경의 명소에 백제인 형제가 세운 아사쿠사 절에 갔다. 거기엔 신사도 함께 있는 곳이어서 넓기도 하지만 사람이 많아서 여간 복잡하지 않았다. 신사와 절이 한곳에 있는 곳이 드물다 하는데 일본인들의 정신세계를 알 수 있는 특별한 곳이었다. 그리고 저녁 늦게 찾아간 곳이 동경의 상징인 신도청 전망대이다. 여러 나라 사람이 모이는 곳이라 오래도록 줄을 선 다음에야 간신히 전망대로 올라갈 수 있었다.

3일째 되는 날에는 일본 천황이 사는 황거를 관광하는 순서다. 가해자에 대한 피해자의 묘한 입장 차이를 보이는 황거에서는 독립투사 김지섭이 일본 천황을 죽이기 위해 폭탄 투하를 한 곳인데 마침 미국 대통령이 온다고 통제를 해서 어렵게 가서 제대로 보지도 못한 것도, 일본 도쿄 시내를 가는 동안 이번 여행 코스에 있는 오다이바를 옆으로 살짝 비켜 지나간 것은 여간한 아쉬움이 아니었다. 오다이바는 일본 정부가 만든 해양 관련 기관이 있는 인공섬으로 외국

유학생을 배려하는 차원에서 만든 곳인데도 짧은 일정에 소화하기가 버거웠는지 그냥 지나쳐서 많이 서운했다.

중식 후에 동경에서 두 번째로 오래된 절로 고구려 유목민들이 세운 진다이지(深大寺)를 관람했다. 그리고선 자동차로 이동하여 하코네 국립공원으로 이동했다. 약 3000년 전 하코네 화산의 마지막 분화에 의해 생겨난 화구의 일부인 오와쿠다니로 편도 로프웨이를 타고 올라갔다. 화산 활동에 의해 형성된 칼데라 호수인 아시노 호수로 유람선을 탔다. 깊은 산속에 아직도 유황 냄새가 진동하는 진풍경을 보이고 있었다. 늦은 저녁 호텔로 돌아오는 발길에 무섬증이 있었다. 사방은 깜깜한데 어쩌다 하나씩 가로등이 드문드문 졸고 있는 산속을 지나 이즈반도에 있는 절경의 해안 온천지 아타미로 이동하여 뉴아카오 온천호텔에서 마지막 밤의 여장을 풀었다.

새벽 6시에 8명의 신부가 또다시 드레스를 입고 호텔 옥상으로 올라가 사진을 찍었다. 옥상으로 올라가니 거대한 바다가 한눈에 들어와 장관을 이루어 우리에게 감동을 선사했다.

고만고만한 늙은 신부 넷이 고만고만하다고 해서 우리보고 짜르르~라는 별명을 붙여주었는데도 우리는 그냥 소녀적 감성에 취해 웃고 또 웃으며 즐거워했다.

호텔에서 아침 식사를 했는데 규모가 얼마나 큰지 직원들이 건네준 좌석표를 놓고도 자리를 찾지 못해 다른 곳에서 조식을 마치고 아타미 관광에 나섰다. 아타미 매화원에 들러서 우리나라 여성으로 아시아 최초 여류비행사 박경원에 대한 이야기를 들었다. 그의 불타는 투혼에 감동하여 기념비 앞에서 묵념을 올렸다. 박경원 여류비행사는 비행사가 되기 위하여 일본에 건너가 갖은 수모 끝에 비행사가 되었으나, 꿈을 안고 처음으로 고국 비행을 나섰다가 사고로 그만 세상을 떠난 입지전적인 인물이다. 각고 끝에 이룬 꿈을 펼칠 사이도 없이 세상을 떠났다는 것은 너무나 애석한 일이다. 특히 한국 여성의 강인함을 극명하게 보여준 이야기로 우리 가슴에 오래 남을 것이다.

마지막으로 가본 곳이 해안가에 있는 이수일과 심순애의 원작 콘지키야샤의 주인공 둘이 사랑을 나눈 장소 오미야노마츠에서 그들을 만났다. 이수일과 심순애 이야기가 우리나라 사람들의 사랑 이야기 인주로만 알았다가 원작자를 알고 적지 않은 실망감을 느끼었다.

글을 쓰는 한 사람으로서 출처와 원작자는 제대로 알려야 함을 가슴 깊이 느꼈다. 70 평생을 살면서 왜곡된 사실을 모르고 살아왔다는 것은 참으로 부끄러운 일이다. 역시 아는 만큼 보인다는 것은 허언이 아니라는 것을 절실히 느꼈다.

짧은 일정이었으나 가슴에 남는 해외 문학기행이었다.

리더스에세이 전주 심포지엄 및 문학탐방
-전주 문학 탐방기

『리더스 에세이』 2021년 6월 하순에 전주로 상반기 심포지엄 및 문학탐방 행사에 다녀왔다. 전주문학관에서 후정문학상과 세 분의 신인문학상 수상식이 있었다. 아침에 버스에 오르니 우리 반 빼고는 아는 사람이 별로 없었다. 유영희 리더스에세이 회장이 먹거리와 기념품들을 풍성하게 챙겨주었다.

이 모임에는 처음 참석하여서 낯설기만 한데 임원진들이 친절에 이내 마음을 열게 되었고 곧 어색하지 않았다. 쉼 없이 두 시간 반쯤 달렸을까. 행사장인 전북문학관에 도착했다. 전주문학관장님은 수더분해 보이는 여자분이었다.

전시된 전북문학회원들의 작품을 둘러보고 난 후 후정문학상과 신인문학상 수상식이 이어졌다. 우리 화요반 수필 교실에서 J선생께서 후정문학상을 받고 H선생께서 신인상을 받았다. 성실하게 열심히 활동한 결과물이어서 내 마음도 기뻤다.

올해의 주제는 나의 수필 쓰기인데 행사장에 가면서 자료집에 있는 각자의 작품을 낭독했다. 한 가지 주제로 다양한 이야기를 들을 수 있어서 좋았다. 단지 버스 안 앉은 자리에서 낭독했기에 발표하는 사람의 얼굴을 전혀 볼 수 없는 점이 아쉬웠다.

전주는 예향의 도시답게 차분하고 조용한 도시다. 고도답게 찬찬히 흘러갈 뿐 서둘지도 않고 변화를 느낄 수 없었다. 길은 길대로 집은 집대로 길을 걷는 사람들도 슬로우시티를 연상할 뿐 들떠 보이지 않았다. 사물이나 사람이나 별로 바쁜 것 같지도 않고 강해 보이지도 않아서 좋았다.

이곳 사람들이 도시를 닮아서일까, 아니면 도시가 사람을 닮아서일까. 그들에게서는 양반의 품성이 느껴졌다. 속정 깊음과 절제, 양보와 인내심이 있는 듯했다. 부화뇌동하는 모습을 그들에게서 찾아볼 수 없을 것 같았다.

문학행사가 끝나고 덕진 연못에 가서 연꽃을 보기로 했는데 꽃을 보려면 늦어도 낮 12시 이전에는 목적지에 도착해야 한다고 했다. 우리가 갔을 때는 3시였기에 연꽃들이 얌전하게 입을 다물고 있어서 아쉽지만 그냥 지나쳐야 했다.

한옥마을 근처에 돌로 된 넓고도 단단한 의자들이 편안해 보였다. 거리의 의자들이 돌침대나 돌 평상을 연상시켰다. 그런 의자들은 처음 보았다. 시간이 많다면 길가의 의자에 앉아서 실컷 수다라도 떨었으면 좋겠다는 유혹을 느꼈다.

네 명에서 대화를 하면서 한옥마을 담장을 끼고 천천히 걸어서 최명희문학관으로 향했다. 나무도 아름드리 큰 나무들이 하늘 높은 줄 모르고 위용을 자랑하고 서 있었다. 은행나무가 얼마나 많은 열매를 달고 우뚝우뚝 서 있는지 선비를 닮은 것 같았다.

몇 년 전에 남원에 있는 최명희문학관에도 가 봤지만 나는 최명희문학관에 가면 알 수 없이 아린 마음이 된다. 마음의 벗에게 세로로 정갈하게 쓴 편지가 171cm라고 했던가. 그 편지 앞에 나는 한참동안 붙박이처럼 서서 그 기나긴 편지를 음미하면서 떠날 줄 모르고 서 있었다. 온갖 정성과 마음을 담은 편지 한 장에서 그녀의 집념과 그녀의 내면의 세계를 살필 수 있었다.

1998년에 51살에 난소암으로 세상을 떠나는 순간까지 결혼도 하지 않고 혼신을 다해 쓴 혼불 하나만으로도 그녀는 세상에 나온 소임을 충분히 했다는 생각이 들었다. 순간 그녀가 돌아온다면 얼마나 좋을까 하는 생각에 안타까웠다. 떠나는 순간까지 혼불 하나에 일생을 바친 그녀의 빛나는 일생이 위대해 보였다. 최명희는 전력투구해서 오직 혼불 하나에 인생을 걸고 쓰다가 결국 마무리도 하지 못하고 세상을 떠난 건 두고 생각해도 애석한 일이다. 최명희문학관에서 한참 동안 서서 너무나 정교하고 아름답게 쓴 혼불에 완전히 매료되었다. 그런 훌륭한 작품을 남기고 떠난 그를 생각하면 너무 애석하다.

그곳에서 가까운 한국집이라는 식당에서 특산물인 창포묵과 막걸리 한잔을 마시며 우리도 잠시 예인이 되었다. 우리 어머니께서는 술에 질린 아버지 때문에 술 안 먹는 사위를 나에게 안겨 줬지만 나이가 드니 나도 남편과 함께 막걸리 한 잔쯤은 거뜬히 비울 줄 아는 사람으로 바뀌었다. 우리 넷이서 막걸릿잔을 앞에 놓고 건배를 하며 마음을 나누며 우의를 다졌다.

차를 타고 30분쯤 달려서 우리는 모악산 자락에 폭 안긴 예술인 마을의 숙소로 향했다. 숙소는 쾌적하고도 깨끗했다. 너른 마당에 깔끔한 공간이었다.

J 선생님께서 우리 화요반 세 명에게 2층 한적한 방에 자리를 잡아주셨다. 너무 소란스러우면 주변에서 신고한다고 해서 우리는 모두 박수도 소리 나지 않게 치며 퍼포먼스로 장기 자랑도 조용하게 했다. 회원 각자는 내면 가득히 숨은 끼를 제대로 발휘하지 못한 아쉬움이 얼마나 많았을까.

유월 끝 무렵인데도 밤에는 한기를 느껴 몇 번씩이나 잠이 깼다. 아침에 모악산에 가고 싶었지만, 일행과 함께하느라 가지 못하고 그 많은 시간을 자투리로 어정쩡하게 보낸 시간이 너무 아쉬웠다. 우리가 수업 시간에 일주일에 한 번씩 만나서 가깝긴 하지만 함께 밤을 보낸 건 처음이라 아쉬움이 컸다.

오전 11시에 김제 벽골제에 있는 소설가 조정래의 아리랑문학관으로 향했다. 대하소설 태백산맥부터 아리랑을 쓰기까지 자료 수집부터 집필까지 꼬박 15년을 혼신을 다해 모든 힘을 쏟아부어 작품을 썼고, 한강과 또 한 작품 정글북을 남기고도 아직도 건강한 몸으로 내 남편 동갑인 조정래 작가는 대작을 남기면서 일생을 다 바친 듯했다. 그는 아직도 꼿꼿한 자세로 생존해 있다.

두루마기에 편안하게 한복 입은 할아버지가 손자를 앞에 세워놓고 찍은 사진이 묘한 여운을 남겨주었다. 이다음 그가 세상을 떠난 뒤에 손자가 그 사진을 보더라도 감회가 남다를 것 같았다. 벽골제가 있는 김제 평야의 너른 벌판에 자리 잡은 아리랑 문학관은 문학 사적으로도 중요한 가치가 있지 않을까 생각된다.

귀경길에 버스 안에서 벌인 노래판에서 이번 심포지엄의 마무리가 멋지게 마무리됐다. 각자의 숨은 끼가 흥건히 넘쳐나는 한마당이었다.

사회자가 나한테 "얌전하게 생겨가지고~"라고 말했을 때 마음속으로 나는 속에 불을 품고 있기에 수필을 쓰는지도 모른다고 혼자 되뇌었다.

경험해보지 않은 세상을 함께 건너온 사람들

한국가창학회 지도자반 13기 기수 30명 중 내가 가장 연장자입니다. 한 번도 경험해보지 않은 세상을 살면서 '가창학'이라는 학문에 겁 없이 뛰어들었습니다. 70대 중반인 내가 젊은 학생들이나 해낼 수 있는 비대면 공부를 해야 하는 정말 난감한 세상을 건너고 있습니다.

한국가창학회 13기 학우님들과 함께 온라인 수업을 하고 실기시험 준비하는 동안 다른 사람들이 시험 보는 영상을 보면서 내내 화장실을 들락거렸던 생각이 납니다. 가나다순으로 되어 있는 이름순으로 시험을 보다 보니 뒤쪽에 있는 제 순서 23번을 기다리기까지 하루 온 종일 5분에 한 번씩 그러고 있더라구요.

6개월 과정이라고는 하지만 원서를 낸 지 거의 1여 년 동안을 비대면으로 공부하면서 가슴을 많이 졸였습니다. 순간순간 컴퓨터 작동이 되지 않을 때마다 한창 청소년기를 보내고 있는 네 아이의 어미인 며느리를 불러대야 했습니다.

트로트를 3분 드라마라는 말이 있잖아요. 트로트에는 인간의 애환이 모두 담겨 있다는 뜻이겠지요. 알고 보니 노래를 아무리 잘하는 가수라도 노래 하나를 제대로 부르려면 천 번은 불러야 한다는 것을 뒤늦게 알았습니다. 이 세상에 쉬운 일이 없는 건 진즉부터 알고 있었지만 가창학 공부가 이렇듯 어려울 줄은 미처 몰랐습니다.

시험 보는 순서가 되기까지 내내 가슴을 졸였지요. 제 차례 바로 앞에서 회장님께서 시험 볼 준비를 하라고 전화해 주셨습니다. 나의 지정곡은 〈숨어우는 바람소리〉라는 발라드 노래였습니다.

나는 이 노래를 전통 트로트 형식으로 되지도 않게 꺾고 흔들면서 노래를 불렀는데 훈장님께서 "노래를 왜 그렇게 강하게 부르느냐?" 라고 지적을 해 주셔서 민망했습니다.

지난 2월 28일 안성에 있는 넓은 호수를 끼고 있는 고삼재연수원에서 필기시험 치르고 이어서 졸업식을 멋지게 마쳤습니다.

그날 정말 잊을 수 없는 감동스러운 순간을 맞이했어요. 훈장님께서 졸업장을 주시는 자리에서 내 등을 가볍게 토닥여 주시면서 좋은 선생님이 되라고 격려해 주셨습니다.

훈장님이 내가 예뻐서 그리하셨을까요? 학우 중에서 나이도 제일 많은데다가 키마저 작은, 잘난 구석이 있는 것도 아닌데 특별히 격려해 주신 훈장님의 진심을 나는 압니다. 제일 연장자이면서도 열심히 하는 그 마음이 기특해서일 것입니다.

이제는 졸업생이 되었습니다. 며칠 전 후배 기(期)수가 입학식을 마쳤다네요. 그래도 앞으로 6개월 이상을 추후 교육이라는 이름표를 달고서 1년 가까이 공부를 시켜 주신다고 합니다.

우리 훈장님께서 낸 ≪가요 가창학≫은 1992년부터 30년 가까이 연구하신 결과물입니다. 대학에서 실용음악을 전공하고 있는 학생, 프로 가수, 가수 지망생과 노래 강사, 노래를 좋아하는 마니아 등의 전문적인 창법공부를 위해 만들어진 표준 교과서입니다. 이 책은 세계 최초로 대중가요 창법의 모든 영역에 관한 체계적인 연구는 국내는 물론 외국에서도 아직 그 예를 찾아볼 수 없다고 합니다. 음악인으로서 국문학 박사학위까지 취득하셨으니 훈장님은 참 대단하십니다. 우리는 그런 훈장님 덕으로 세계 최초로 학문으로 창제된 가요 가창학과 만나고 있습니다. 이제부터라도 제대로 배우겠다는 기대감에 흠뻑 빠져있답니다.

훈장님, 지금부터라도 열심히 배워보겠습니다. 고맙습니다. 훈장님의 수많은 가르침 중 제 가슴에 새겨진 가르침인

－보되 보지 마라

－듣되 듣지 마라

－말하되 말하지 마라

－행하되 행하지 마라

－느끼되 느끼지 마라

라는 5금법을 명심하고 마음의 지표로 삼고 있습니다.

우리 13기 회원님들과 함께 서로 격려하며 배려하며 트로트라는 강을 향해 노 저어 갈 것입니다.

지난 오월 마지막 주에는 충남 태안 삼봉해수욕장에서 졸업식을 마친 삼 개월 만에 엠티를 갔습니다. 입학한 후에 바로 갔어야 할 엠티를 졸업하고 나서 그것도 3개월 후에야 가진 모임이지만 매우 행복한 시간이었습니다. 어차피 지금은 정상적으로 가고 있는 세상이 아니니까요. 한 번도 가 보지 않은 세상을 우리는 지난날 소소함 속에 행복했던 순간을 그리워하며 살고 있으니까요. 비대면 수업을 하면서도 서너 명씩 하는 면대면 수업할 때는 잔칫날 같습니다. 교수님들은 말할 것도 없고 어쩌다 한 번 만나는 학우들도 얼마나 반가운지 모른답니다.

이 나이에 한국 가창학회를 만난 건 저에겐 행운입니다. 회원님들과 오래 함께하기를 간절히 바랍니다.

5

내가
나에게 쓴다

— 편지글

고마운 당신께

여보!

제가 생각지도 않게 수술을 하고 병원에 있는 동안 애 많이 쓰셨어요. 수술하기 위해 병원에 입원하던 날 코로나로 병실에는 들어오지도 못하고 손을 흔들며 며느리와 둘이서 문밖에서 마지막으로 저를 병실에 맡겨놓고 가면서 발길이 떨어지지 않은 듯 뒤돌아보고 또 보면서 아쉬운 듯 병원 문을 나서는 모습이 얼마나 황망하던지요. 가족과의 영원한 이별 앞에서도 서로 얼굴도 보지 못하고 이별하는 게 이런 거구나 싶었답니다.

간병인은 수술 당일에 오기로 되어있으니 달랑 물 한 병만 지닌 채 병실에 떨어진 저는 참 난감했지요. 그래도 침대가 병실의 산 쪽에 있어서 나무들의 푸른 잎과 하얗게 핀 아까시꽃이 올망졸망 저를 위로해 주었지요. 금식해야겠기에 저녁 6시가 넘으면 물 한 모금도 허용이 안 되는 상태에서 그래도 딸의 보호자로 와 있던 한 아주머니의 따뜻한 배려로 우유 한 컵과 바나나 한 개를 주어서 먹을 수 있었지요. 그리고 따뜻하게 저를 위로해 주었어요. 위급한 때 준 먹을거리와 위로의 말이 얼마나 고맙던지요. 길지 않은 시간 동안 나눈 짧은 이야기에서 마음의 위로를 받았지요.

그런데 입원 다음 날 수술하는 날 온 간병인을 만난 저는 간병인의 급한 성격이 나와 비슷한 모습을 보면서 문득 당신이 생각났어요. 저돌적이고 강한 사람의 도움을 받으면서 불안 증세를 느끼면서 지내니까 마음이 편하지 않았습니다. 사람의 마음을 편하게 해주는 일이 얼마나 중요한지를 이제 알 것 같네요.

당신의 차분하면서도 느긋한 성격으로 급한 성격의 저와 오십 년 가까이 살면서 얼마나 힘이 들었을까 싶어서 퇴원시키러 온 당신에게 말했습니다. 성격 급한 나와 함께 살면서 얼마나 힘이 들었느냐고. 당신은 그냥 웃기만 했어요. 4일 만에 처음으로 만나보니 나 없는 동안 얼굴이 부스스하게 부어있는 것도 같아서 마음이 아팠지요.

당신은 만나서 반갑다고 하면서 별 신경을 다 쓴다고 했어요, 저라고 왜 제 단점을 모르겠어요.

이만큼 세월이 흐르고 보니 당신의 고마운 점을 새삼 느끼겠어요. 앞으로는 철없이 당신 마음 불편하지 않게 당신을 배려하면서 살아야겠다고 다짐을 합니다.

건강한 몸으로 오래오래 제 곁에 머물러 주시기를 간절히 바랍니다. 이곳으로 이사 와서 벌써 두 번 큰 수술을 하고 보니 건강의 소중함을 느끼겠어요.

여보 정말 고맙습니다. 오늘이 벌써 오월의 마지막 날이네요. 이제 화려했던 봄꽃들은 모두 지고 무성하게 푸른 초록 잎들이 하루가 다르게 온 산을 뒤덮고 있네요.

코로나 시절을 맞아 당신과 아침마다 산을 오르내리면서 저도 이제 철이 들어가나 봅니다. 당신이 참으로 소중해지는 걸 보면요. 어느덧 당신은 팔십을 눈앞에 두고 있군요. 예전보다 많이 야윈 모습을 보면서 매우 안쓰럽네요. 당신은 지금이 우리가 살아온 어느 때보다 행복하다고 말씀하시는 걸 보면 저 역시 참으로 한유한 시간을 보내고 있음을 감사해하고 있구요.

더군다나 올해 초에 손자만 있는 우리 집에 선우네가 낳은 손녀를 보면서 살아온 어느 해 보다 행복감을 느낀답니다.

그럼 내일도 오늘처럼 건강하기를 간절히 바랍니다.

안녕히 계십시오.

2021년 5월 끝날에

당신의 아내 올림

장손 기윤이에게

기윤아!

산수유와 벚꽃과 개나리 등 봄꽃들이 다투어서 활짝 피기 시작하던 때가 엊그제 같은데 어느덧 봄꽃들이 시나브로 다 지고 이제 꽃이 지고 난 자리에 연녹색으로 파릇파릇하게 돋아나던 진한 자주색으로 바뀐 꽃자루가 푸른 나뭇잎에게 자리를 내주고 길에 작렬하게 떨어져 있네.

너의 학교 교문 옆에 화려하면서도 얌전하게 피어 있는 개복숭아 꽃이 이름에 어울리지 않게 피어 있는 모습이 얼마나 어여쁜지 몰라. 그리고 운동장 가에 핀 왕벚꽃의 기품 있는 모습은 언젠가 해미 읍성 부근 개심사에서 본 적이 있는 탐스러운 왕벚꽃의 화려한 모습처럼 청소년기를 보내고 있는 너희들을 보는 듯해서 얼마나 든든하고 귀한지 모르겠네.

코로나19가 이 땅에 온 지 벌써 일 년 하고도 반년 가까이 지나고 있는데 코로나가 물러가기는커녕 날이 갈수록 더 기승을 부리니 참 답답하네. 청년기에 배울 것이 얼마나 많은데 제대로 배울 수도 없고 학교에 갈 수도 없다니, 더구나 친구들도 만나지 못하다니 참으로 답답하고 힘든 세상을 살고 있구나. 지금 피 끓는 청소년기를 맞이해서 해야 할 일들은 얼마나 많으며 밖에 나가 신나게 친구들과 놀기도 하면서 알찬 청소년기를 보내야 하는데, 방안에 갇혀서 해야 할 공부도 운동도 제대로 하지 못하니 보는 마음이 편하지 않아.

한 번도 가 보지 않은 세상을 살려니 아주 답답하고 괴로움만 가득하지? 어떻게 한다니. 요즘에 할머니도 비대면으로 트로트를 배우고 익히느라 얼마나 힘든지 몰라. 너희들은 공부할 것도 많은데 집에서 비대면으로 하는 공부가 성이나 찰까.

나이가 든 우리도 공부하는 것이 힘든데 너희들은 오죽할까 싶네. 그러니 힘든 세상을 만났으니 어떻게 할 수도 없네.

기윤아, 그래도 참고 제 할 일 열심히 하다 보면 좋은 시절도 올 날이 분명 있을 거야. 그날을 기다리면서 열심히 자기 할 일 하면서 지내자.

우리 집 가훈이

1. 건강한 가족
2. 화목한 가정
3. 성실한 생활
4. 최선의 노력이잖아.

온전히 나에게 집중해서 열심히 하다 보면 일이 잘 풀리는 날도 있겠지. 그날까지 최선을 다해 열심히 살자.

안녕과 건강을 빈다.

2021년 4월 25일

기윤이를 사랑하는 할머니가

기현이의 끝없는 도전

늦은 밤 잠자리에 들려다가 가족 카톡방을 열었다.

기현이가 엎어져서 끝없이 고개를 쳐들었다가 힘에 부쳐서 숙이기를 반복하고 있다. 눈이 번쩍 떠졌다. 어쩌면 이렇게 귀여울 수가 있을까. 올해 새로 태어난 두 달쯤 된 손녀 기현이가 자기 나름으로 열심히 공부하고 있다. 끝없이 이어지는 도전정신. 세상에 나온 지 얼마 되지 않은 아기가 끊임없이 노력하는 것이다. 얼마나 예쁘던지 자고 있는 남편을 깨웠다. 눈을 비비고 일어난 그이도 눈을 번쩍 뜨고 보더니 신기하고 예쁘다면서 미소를 짓는다.

세상에 이보다 이런 신기한 모습은 처음 보는 것 같았다. 아주 작은 손녀를 앞에 두고 부부가 한 번도 아이를 키워보지 않은 사람처럼 신기한 듯 보고 또 본다. 아이 아비와 어미는 옆에 앉아서 계속 제 딸을 바라보면서 추임새를 넣고 있었다. 제 부모의 낮은 목소리를 들으면서 아기는 무슨 생각을 할까.

제 아비 어미 목소리에 어린 아기는 쉬지 않고 고개를 떨구었다가

처들고 다시 고개를 숙이는 등 얼굴이 빨개지면서 같은 동작을 반복한다.

사람은 이 세상에 태어나면서부터 생존을 위한 동작을 저 스스로 끝없이 반복하면서 훈련한다. 누가 시켜서도 아니고 스스로 세상을 터득해 나가는 것 같다. 생명체로 세상에 태어난 이상 삶은 처절한 싸움터가 아니던가. 끊임없이 반복하여 노력하면서 삶을 영위하는 것이 생명체들의 숙명이다. 절로 되는 일은 없다. 이번에는 비록 실패하더라고도 또다시 도전하면서 실패를 두려워하지 않는 생존의 연습을 해야 하는 것이다.

세상에 존재하는 모든 동물 중 사람이 제일 늦게 된다고 한다. 고등동물일수록 성장의 속도가 늦고 하등동물일수록 성장 속도가 빠르다. 소 같은 동물은 태어나자마자 바로 일어서서 거뜬히 걷는다. 병아리도 알에서 깨어나자마자 이내 껍질을 깨고 눈을 뜨고 나오는데 사람만이 일 년을 앉는 연습을 하고 다시 일어서는 연습에 이어져서 걷는 연습과 말하는 연습을 거쳐 아주 조금씩 눈을 뜨고 젖 먹는 연습을 하면서 보이지 않게 조금씩 아주 조금씩 자란다.

우리가 볼 수 없는 세계에서도 태어나는 생명체는 연습하고 또 연습하면서 커가는 것이 아닐까. 그리고 곧바로 걷기 시작하는데 만물의 영장이라는 사람만이 부단한 노력으로 하나하나 배우며 익혀나가지 않던가. 인격의 완성을 위해서라면 죽을 때까지 배우기를 멈추지 않는 것이 사람이다.

내가 자식들을 키워낼 때는 그 애가 언제 기고 걸었는지 생각이 나지 않는다. 세쌍둥이를 낳아 키운 나의 큰며느리도 아기들이 언제 기고 언제 걸었는지 모른다고 실토한다. 아이들 키우면서 너무 힘든 세월을 보내느라 일일이 크는 과정을 알 수 없었다는 뜻일 게다. 나는 세쌍둥이 엄마의 말을 들으면서 한 서린 절규를 듣는 듯해서 가슴이 저리는 데 당사자는 오죽할까.

내 아이들 키우면서 느꼈던 절절한 애환을 모두 잊은 나는 손녀의 50일 사진을 보다가 무심코 세쌍둥이 50일 사진을 카톡에 올렸으면 좋겠다는 말을 아이들 엄마에게 했다가 깜짝 놀랐다. 그때 아이들은 인큐베이터 속에서 생사의 기로를 헤매고 있있는데 그것도 모르고 아이 어미의 마음을 아프게 했다는 자책을 뒤늦게 했다.

기현이의 아비가 아이가 커가는 소중한 모습을 함께 하면서 느끼는 바가 아주 큰가 보다. 아주 비장한 어조로 "엄마가 저도 이렇게 키우셨겠죠?"라고 묻는다. 순간순간 얼마나 힘들면 나에게 자신이 커오는 과정을 확인하듯이 물을까.

사람이 결혼해서 자식을 낳으면서 성숙해진다는 것을 느꼈다. 자식을 키워보지 않고는, 그리고 그 엄숙한 과정을 지켜보지 않고는 자신이 자라온 성장 과정을 알 수 없는 것이 아닐까. 한 아이를 키운다는 건 인생에 있어 뜻있는 일이다. 나는 손녀가 지혜롭고 현명하게 성장하기를 간절한 마음으로 지켜볼 것이다.

사촌시누이 옥자 아가씨에게

아가씨!

어제저녁 아가씨와 긴 통화를 끝내고 많은 생각을 했어요. 사람이란 환경이 바뀌면 심기일전해서 무언가 새로운 마음으로 살 수 있을 거란 희망에, 아가씨가 새로운 곳으로 이사를 한다기에 얼마나 속으로 기뻤는지 모른답니다. 이사를 잘했나 궁금해서 전화를 걸었더니 도저히 이사를 가지 못하겠다는 얘기를 들었을 때의 안타까운 심정이 저로 하여금 이 글을 쓰게 했네요.

누구나가 오래 살던 곳에서 떠나기는 쉬운 일이 아닌데, 태어나서 떠나 보지 않은 집에서 이사를 하려니 왜 아니 두려움이 없겠어요. 아가씨의 그 마음도 알아요. 그렇지만 이제는 변해야 할 때라고 생각해요. 오래전에 어머니가 돌아가시고 난 후 아버지가 돌아가신 지도 벌써 10년이 넘었군요.

태어날 때부터 인지능력은 물론, 누군가의 도움 없이는 한 발자국도 움직일 수 없는 막내 아가씨를 지금까지 숙명처럼 키워낸 아가씨. 아마 어머니라 해도 아가씨처럼 자신의 전 생애를 바쳐서 동생을 헌신해서 길러낸 사람은 없을 거예요. 저는 아가씨를 생각할 때마다 가슴이 오그라드는 것처럼 안타까워요.

막내 아가씨가 할 수 있는 일은 누운 자리에서 주는 대로 먹고, 때를 가리지 않고 배설하는 일밖에 없잖아요. 그녀가 유일하게 할 수 있는 일은 자신을 돌보아 주는 언니를 향해 웃어 주는 일밖에 없지 않잖아요.

그런 동생을 한시도 떠나지 않고 지극정성으로 돌보아 주는 언니가 그리 흔한 일인가요. 아무리 생각해도 아가씨는 이 시대에 보기 드문 아름다운 사람이지요. 물론 그 일도 다른 일에 비할 수 없이 소중한 일이지만 아가씨가 전 생애를 걸고 헌신해야 할 일은 아니라고 감히 생각해요. 그런 동생을 위해 결혼도 하지 않고 지극정성으로 돌보아 준다는 것은 말처럼 쉬운 일은 아니잖아요.

아가씨는 그런 동생을 위하여 학업에 열중해야 할 꽃다운 나이에 주부 아닌 주부로, 언니가 아닌 어머니로 가게를 운영하면서 그의 돌봄으로 오늘날까지 살고 있어요. 사십 년 가깝게요. 결혼도 하지 않고 살면서 아가씨도 어느덧 쉰의 중반이 되었네요. 그런데 평생을 온갖 정성을 바쳐 남은 게 무엇인가요. 동생 몸을 들어서 씻기고 빨래하고 해 먹이느라 물일을 수도 없이 해서 손가락 마디마디는 물집이 생겨서 반창고를 뗄 사이가 없잖아요. 몸 어디 하나 성한데 없이 아픈 사람으로, 마음은 마음대로 힘든 채 살고 있잖아요?

오래전에 식구들이 나서서 막내를 병원에 입원시키자고 했을 때 말을 들었으면 어땠을까 싶어요. 아가씨가 건강해야 동생도 돌볼 수 있잖아요? 이제는 변해야 할 때라고 생각되네요. 내가 아니면 안 된다는 생각을 버리고 각자 서로의 길로 가야 할 때라고 생각해요. 어차피 서로의 가는 길이 다르니까요.

정말이지 아가씨도 이제는 더 늦기 전에 자신의 노후를 생각해 볼 때라고 생각합니다. 도움도 못 되면서 공연한 걱정만 하는 저 자신이 참 답답하고 한심하지만 어쩌겠어요. 결단은 아가씨가 해야 할 일이니까 한번 곰곰이 생각해 보면 어떨지요.

일단 막내 아가씨를 요양병원 등 보호시설에 보낸 다음 아가씨도 어딘가 마음과 몸이 치유될 수 있는 곳으로 가서 쉬어야 한다고 생각해요. 숙식의 도움을 받고 몸 한 곳 한 곳 치료를 받으며 건강을 되찾는 것이 급선무가 아닐까 해요.

한적한 산사에 가서 쉬거나 시설이 갖추어진 곳에 가서 숙식 부담에서 벗어나서 자유자재로, 아무것도 생각하지 말고, 그야말로 나 자신만을 위해 살아봤으면 좋겠어요. 지금 가장 하고 싶은 일이 무언지 충분히 생각해 보세요. 동생이 보고 싶고 궁금하면 한 번씩 찾아 가 보면 될 것 아닌가요.

지금이야말로 더 늦기 전에 아기씨도 진정으로 나를 위하여 살아야 할 때라고 생각해요. 더 일찍 용단을 내렸더라면 아가씨도 지금처럼 몸이 망가지지 않았을 거 같은데, 많은 시간은 손가락 사이의 모래알처럼 다 빠져나가고 얼마 남지 않았군요. 이제 아가씨도 하고 싶은 일을 찾아서 자유롭게 살아야 하지 않을까요. 순간순간 아가씨가 안타까워도 워낙 자아가 강한 사람이라 어찌해볼 도리가 없었으나 이제는 '더 늦기 전에 새롭게 태어날 권리'가 있잖아요? 부처님도 이 세상에 가장 존귀한 사람은 나 자신이라고 하셨어요.

아가씨! 간곡하게 충언합니다. 이제는 정말 자신을 위해서 살아야 할 때인 것 명심하세요. 부탁합니다. 자신을 너무 낮추지 말아주세요. 누가 뭐래도 아가씨는 정말 훌륭한 삶을 살았구요. 늦었지만 이제부터라도 행복하게 실았으면 좋겠어요.

저는 아가씨가 건강하고 자유롭게 사는 것 보는 것이 소원입니다. 아가씨를 위해 해줄 것이 아무것도 없는 자신이 참 답답합니다.

제가 주제넘게 심기를 불편하게 했더라도 이해해 주셨으면 고맙겠어요. 그 일이 아가씨는 물론 가족 모두를 위한 충정이라고 제 맘 살펴 주기를 바랍니다.

2021년 4월 1일
서울에서 큰사촌올케가

옥자 언니에게

　옥자 언니! 별것 같지 않던 코로나19가 온 세계를 공포의 도가니로 몰아넣은 지 반년이 지났지만, 가라앉기는커녕 확산되는 무서운 세상에 우리가 살고 있습니다. 언니와 제가 비슷한 시기에 이사하느라 찾아뵙지 못해서 마음이 편치 않은 중에 이제 겨우 언니의 병이 나았다고 가슴을 쓸어내리고 있는데, 또다시 들려온 언니의 아픈 소식은 저를 너무 슬프게 합니다.

　현명한 언니 자신도 해결할 수 없는 마음 괴로움에 처했을 때 명쾌한 답을 드리지 못한 안타까움이 큽니다. 지금 몸도 마음도 지친 언니가 마음의 안정을 취하셔야 하는데 거처할 수 있는 곳을 알아보신다는 소식이 안타깝습니다. 제가 시원하게 해결할 수 있으면 얼마나 좋을까요? 또 사랑으로 만나서 평생을 함께한 배우자라고는 하지만 그동안 쌓인 상처가 너무도 커서 비껴가고 싶다는데 그 일이 생각처럼 그리 간단한 일이 아닌 것 같네요.

결혼이란 몸은 하나인데 머리가 두 개인 사람이 함께 살면서 생각이 서로 달라서 받는 상처가 큰 것이 아닌가 싶어요. 왜 그런 말 있잖아요. 기대가 크면 실망이 크다는 말. 누군가 그러더라구요. 생각을 바꾸면 내 생이 행복하다구요. 작은 변화 하나가 이 세상 모두를 바꿀 수 있다고요. 남자란 아무것도 아니라구요. 입관하는 날까지 장난감 삼아 잘 보호하자구요. 아무리 나이가 들어도 남자란 철이 들지 않는 자식 같은 거라구요. 자식 하나 더 키운다 생각하고 기대를 하지 말라구요. 기대했다가 성이 차지 않으니까 부딪치게 되고 원망으로 바뀌고 떨어져 살았으면 싶기도 하지만 그것이 그리 간단한 문제가 아니란 것 잘 아시잖아요. 도움을 받고 싶으면 내 손으로 하면 되고 서운함이 쌓이면 암에 걸린다는 말이 있는데 그동안 언니가 얼마나 가슴 아픈 일이 많으면 수술도 하지 못할 만큼 아프실까 싶네요. 젊었을 때 많은 부하를 거느리고도 일 처리를 명쾌하게 하시던 언니였는데 지금은 한 사람을 가지고도 가슴 속에 불을 안고 사시는 언니가 너무 안쓰럽네요.

나도 내 마음에 들지 않는 게 인생사인데 누가 나의 마음을 일일이 헤아려 주겠어요. 하고 싶은 말이 목구멍에 차오를 때 꼴깍 침 한 번 삼킨 다음에 말을 한다던가, 화날 때 오히려 목소리를 낮추어 말을 함으로써 불씨를 잠재우는 쪽으로 언니 스스로가 바뀌어야겠지요. 아무리 기다려도 바뀌지 않는 게 사람이라잖아요. 이사하면 좀 나아질까 하고 노구를 이끌고 따님이 사는 집 근처로 언니도 따라 이사를 하신 건 아무리 생각해 봐도 잘하신 것 같아요.

그리고 올봄에 외손녀도 보셨잖아요. 속 터지고 답답할 때 그 외손녀를 보러 다니면 숨통이 트이고 기쁨이 크지 않을까 싶어요. 늦게 둔 따님이 준 선물이 얼마나 큰지요. 그 길이 지금 언니가 마음 편한 곳을 새로 찾기보다 쉽고 좋은 일일 것 같아요.

생전에 저의 친정어머니도 저와 부딪칠 때면 당신이 키운 외손주가 여러 자식을 두자 그 집을 다니시며 나름 기쁨을 찾으시더라구요. 저도 남편 때문에 오랜 세월 애면글면하면서 살다가 제가 마음을 바꾸니 함께 늙어가는 모습도 보이고 측은한 면도 보이면서 좀 살만해지더라고요. 언니께서는 하나밖에 없는 외손녀를 보셨으니 얼마나 소중할지요. 새 생명을 보는 즐거움 이상 행복한 일도 없던데요. 언니 부탁드리건대 다른 곳에서 행복을 찾으려 하시지 마시고 있는 곳에서 기쁨을 누리시기를 간절히 바랍니다.

이런 말씀밖에 드리지 못해 죄송합니다. 그 연세에 노구를 이끌고 갈 곳은 아마도 흔하지 않을 것 같습니다. 수술할 수도 없는 건강 상태로 갈 곳이 과연 있을지 싶습니다.

코로나19도 잦아들지 않고 있으니 걱정만 앞섭니다. 머지않은 날 한번 찾아뵙겠습니다. 남은 이야기는 그때 나누기로 해요. 그럼 뵐 때까지 안녕히 계십시오.

2020년 8월 13일 수지에서
순영 올림

손아, 발아

손아! 그동안 내가 여기까지 오도록 너는 얼마나 많은 수고했느냐.

너는 내가 삶을 이어오는 동안 참 많은 공헌을 했구나. 순간순간의 일들이 너희의 도움 없이는 할 수 있는 일이 아무것도 없었다. 네가 해낸 공을 생각하면 말로는 다 할 수 없지…….

사람의 몸 중에서 어느 것 하나 중요하지 않은 것이 없다. 다른 것들은 눈에 보이지 않으니 그 고마움을 일일이 설명하기도 힘들다. 내가 살아가는 데 어느 한순간 너희들 힘을 빌리지 않은 적이 없어. 일어나면서 제일 먼저 도와주는 것도 손과 발이다. 새벽잠이 없어 일찍 잠이 깨지 않니? 그토록 일찍 일어나는 내가 잠이 들 때까지 끊임없는 너희들 희생으로 오늘에 이르렀다. 큰일은 큰일대로 소소한 일들은 그들대로 해낸 걸 어찌 다 말로 엮을 수 있으랴.

작은 일부터 큰일까지 손발이 아니었다면 나의 일상생활은 살아내기가 불가능하다. 나는 이 손으로 자식 3남매 키워내며 온갖 일을 다 했다. 평생을 살아오는 동안 쉴 틈이 없었다. 내가 회사에 다닐 때는 손뜨개질로 틈틈이 남편과 아이들 옷을 뜨개질하여 입히고, 거실용 카펫까지 한 땀 두 땀 뜨면서 너를 쉴 새 없이 부려 먹었지 한 번쯤 반항할 법도 하지만 결코 내 명을 거역해 본 적이 없었잖니? 아마도 세상을 떠날 때까지 끝까지 나를 위한 일을 멈추지 않겠지.

그뿐이냐. 게다가 낭만은 있어서 퇴직한 후의 일이다. 출근하는 남편을 배웅하고서 눈을 맞으며 드림랜드 산에 올라갔다가 넘어져서 다친 일이 있지?

그때 내 기분은 한껏 고조됐었어. 산에서 내려오면서 얼마 전에 본 영화에서 남자 주인공이 눈 쌓인 벌판을 죽은 연인을 안고 가던 낭만적인 장면이 떠올라 노래를 부르며 가다가 '꽈당' 넘어졌지. 하필이면 오른손을 다쳤으니…. 엎친 데 덮친 격으로 살림도 온통 내 몫이었잖니?

바로 전 해에 시어머니가 돌아가셨으니 도움받을 사람은 아무도 없었어. 큰살림을 혼자 해내야 했어. 그때도 너는 힘든 줄 몰랐어. 심혈관 질환을 앓던 시어머니가 갑자기 돌아가시고 심혈관 질환이라는 병이 건강한 사람도 갑자기 죽게 할 수도 있겠구나 싶었어. 그때 놀라서 그 후로는 가족력이 있는 남편에게 될 수 있으면 잘해 주려고 신경을 많이 쓰고 있어. 그분이 돌아가실 때 연세가 일흔여섯이었고, 건강하셨으니 한참 나이라고 생각했는데 겉으로 건강한 사람도 갑자기 죽게 할 수도 있겠구나 싶었어. 건강한 분이 갑자기 돌아가씨 상실감이 너무 컸었어. 막내 시동생이 결혼해서 모시고 살다가 육 년 만에 돌아가셨지. 편히 모시려고 집수리까지 마친 상태였는데 참 허망하더라.

생전에 그분은 너보고 없는 집에 시집와서 고생한다고 너를 끔찍이 챙겨주셨거든. 그때나 지금이나 나는 자신을 가장 낮은 곳에 두고 살아서 손발에게 미안한 줄 알면서도 수고한다는 말을 할 줄도 몰랐어. 그래서 사람들은 편한 사람을 수족처럼 부려먹는다는 말이 있나 보다.

그 손을 가지고 두 달 동안 일주일에 한 번씩 한문 공부를 하러 다녔지. 그때 왼손으로 쓴 한문 공책을 보면 지금도 웃음이 나더라. 그 당시 괴로움이던 것이 지금은 추억이 된 걸 생각하면 추억은 늙지도 않나 봐. 그것뿐이니? 손으로 온갖 일을 다 해내었지. 얼마나 많은 일을 해냈는지 몰라. 그 손으로 책장을 넘기며 책도 읽고 글도 쓰면서 살아왔지. 이나마라도 문단에 이름을 올린 것도 손의 덕분이 아닐까 생각하면 손이 내게 해준 일이 엄청나다는 생각이 들어.

왜 손만 가지고 고마워하느냐고 발이 투정을 부리는 것 같네. 산에서 넘어졌을 때 그때 발이 아니었으면 어떻게 집에까지 왔으며 병원까지 갔겠느냐? 글쎄 그 발로 지인이 부산에서 결혼식을 했는데 깁스를 하고 부산 결혼식까지 다녀왔다고 사람들이 놀랐어. 회사에 다닐 때도 명절이나 제사, 집안 식구들 생일이 돌아올 때쯤이면 퇴근길에 무거운 물건을 한가득 사서 머리에 이고 왔고 밤잠도 설치며 모든 일을 하며 자식들 3남매를 키워냈지.

　퇴직 후에 사물놀이 공연을 한다고 인사동에서 거리 공연도 했고, 구청 행사를 하느라고, 산꼭대기에 있던 여성 복지관으로 극성을 부리며 뛰어다녔지. 장애우들을 위한 사물놀이 공연도 다니면서 참 열심히 살아왔어. 자전거를 배워서 우이천에서, 행주산성까지 다녀온 적도 있었고 그 무렵 탁구는 또 얼마나 열심히 쳐 댔던지. 거기다 수영까지 했잖아. 나는 그렇게 충직한 시종의 도움을 받으며 70 평생을 여기저기 다니면서 열심히 살아왔어.

　외국도 어지간한 곳은 많이 가봤잖니? 연변에서 용정을 지나 베이징까지 가는 동안, 먼 길 울퉁불퉁한 길이 얼마나 무섭던지, 밤새도록 버스 안에서 가슴을 졸인 적도 있었지. 동·서 유럽으로, 미국 서부로 동남아시아인 베트남과 홍콩, 대만은 물론 뉴질랜드와 호주와 인도까지 그리고 그리스와 터키도 다녀왔잖아. 일본과 중국도 서너 번씩 다니면서 세상 구경도 적잖이 했구나.

　심하게 무릎을 혹사해 더 이상 버틸 수 없을 만큼 아팠지만, 크로아티아와 슬로베니아 그리고 보스니아를 다녀와서 수술해야지 하고 떠났다가 곤욕을 치르지 않았니? 어찌나 억척같이 혹사를 시키던지 기가 막혔지. 자고로 주인을 잘 만나야 고생을 덜 할 텐데. 정말 나를 따라다니느라 고생 많았어. 이제는 내 몸을 아끼면서 살아갈 것을 약속할게. 손아. 발아! 고생했다. 앞으로는 내 몸을 날계란 다루듯 아끼면서 살아갈게. 손아. 발아. 미안하고 고맙다.

김자인 선생님께

- 존경과 사랑을 가득 담아서

　선생님, 그동안 안녕하셨어요? 올여름처럼 힘들 때는 없었던 것 같아요. 사상 처음으로 유례없이 폭폭 찌는 폭염 속에 코로나로 인한 마스크까지 쓰고 생활해야 하는 현실이 얼마나 힘겹던지요.

　이 힘든 시기에 대가족을 거느리고 살림을 하시면서 바깥에서 중요한 역할도 거뜬하게 해내시는 선생님이 참 대단하게 생각됩니다. 어디 그뿐인가요. 여전히 손녀를 돌보느라 애 많이 쓰시겠지요. 이 어려운 시기에 날마다 중화동 선생님 댁에서 양원역까지 손주를 데려다주고 데려오기가 그리 만만한 일은 아니잖아요? 그래도 묵묵히 집안의 어른답게 집안일도 바깥일도 어느 한 곳 소홀함 없이 반듯하게 모범을 보이며 살고 계신 선생님이 그저 존경스럽기만 합니다

　참 선생님. 지난번에 제가 추천했던 어른을 어려운 가운데에서도 무사히 출연하게 해 주셔서 얼마나 감사한지 모르겠어요. 제가 속해 있는 단체의 원로 어른으로 그분의 빛나는 삶을 널리 알리고 싶었거든요. 그런 제 마음을 어떻게 아시고 선생님께서 제게 그런 기회를

주셨는지 신기하기만 합니다. '성북 실버넷뉴스 통통 우리 동네 이야기'에 어렵게 출연시켜 기회를 주셔서 정말 감사드립니다.

선생님께서 아시다시피 그분이 출연하셔야 하는 날에 코로나 접종을 하는 날과 겹쳐서 출연을 연기하지 않으면 안 됐던 일이며, 또 다시 어렵게 출연 약속이 잡혀 있는 날에 갑자기 건강이 나빠져서 또다시 날을 바꾸지 않으면 안 될 상황에서 선생님의 지속적인 관심과 노력이 아니었으면 성사되지 못했을 일이지요. 선생님의 배려와 인내심으로 무사히 출연하게 해 주셔서 '후유' 하고 가슴을 쓸어내렸답니다. 한평생 빛나게 사신 분의 이야기를 널리 알리게 해 주셔서 저는 얼마나 고마운지 모른답니다. 그분께서 선생님께 많이 감사해하고 계십니다.

저는 선생님의 작품집 『꿈꾸는 작은 새』를 침상 머리맡에 놓고 틈날 때마다 시간 가는 줄 모르고 읽고 또 읽는답니다. 여자로서 바람직하게 사시는 모습이 참으로 좋아 보여서 책을 놓을 수가 없습니다. 제가 만약 이 세상에 다시 태어난다면 지금처럼 여자로 태어나서 선생님처럼 한 가정을 반듯하게 지키며 살고 싶습니다.

게다가 선생님은 작가로 실버넷 인터넷 기자로까지 활동도 하시자니 출연자도 섭외하는 일이 어디 만만한 일이겠습니까. 게다가 작품교정부터 편집까지, 틈틈이 수필도 쓰시고, 집 살림도 짭짤하게 잘 해내시는 등 일인다역을 완벽에 가깝게 해 내시고 계십니다. 그 일들이 어디 만만한 일입니까?

선생님께서는 '신사임당상'을 타셔도 좋을 만큼 주위 여성들의 귀감이 되는 인품을 가지셨을뿐더러 여성으로서 중요한 요리 솜씨가 뛰어나셔서 모 잡지사에서 연재할 정도이십니다. 자태 또한 얼마나 곱고 조신하신지요. 여자로서 주부로서 본받을 바가 말할 수 없을 만큼 큰 것도 그렇지만 모든 면에 버릴 것 하나 없는 선생님이 참 부럽고도 존경스럽습니다. 선생님께서는 무슨 복이 그리 많으셔서 온갖 좋은 점들은 다 갖추셨으니 선생님을 옆에 두고 사시는 바깥어른이나 자제들은 참으로 복이 많은 분입니다. 그래서 여자인 저도 선생님이 한없이 높이 보입니다.

선생님이 저보다는 연배기 낮지만, 서에게 많은 가르침을 주는 롤모델이십니다. 저는 그런 선생님을 뵈면서 '집안일을 잘하는 분은 바깥일도 잘하는구나.'라는 생각을 합니다.

그런 선생님을 알고 있다는 것만으로도 저에겐 영광입니다.

선생님 이제 입추도 지났고 매미도 힘차게 울어 대는 걸 보면 가을도 멀지 않은 듯합니다. 아무리 힘든 역경이라 해도 이별할 때는 아쉬운 것 같네요. 이 세상에 세월따라 가지 않는 건 없다는 생각에 모든 게 다 그립고 아쉽네요.

건강 잘 살피시고 좋은 시절에 뵐 수 있는 날이 오기를 기대합니다. 안녕히 계십시오.

2021년 8월 8일
수지에서 조순영 드림

마음의 지기 김순복 국장님께

국장님! 연일 이어지는 불볕더위가 날이 갈수록 더해지고, 코로나19 팬데믹 시절을 어떻게 지내고 계시는지요? 코로나19로 벌써 2년째 아무것도 하지 못한 채 시간만 흘러갔어요. '산 넘어 산'이라고 이제는 물러가려나 하는데 코로나 변종 바이러스가 또 우리를 괴롭히고 있네요.

국장님께서 40년 넘게 공직에 몸담고 있다가 퇴직하신 지도 어느덧 반년이 지나갔네요. 그동안 국장님께서는 산처럼 의연하고 흔들림 없이 자신의 소임을 다하셨잖아요. 자기 위치에서 묵묵히 일하시는 모습으로 기억됩니다. 언제나 주어진 시간을 유익하고 의미 있게 보내시는 국장님이 참 존경스럽고 자랑스럽습니다.

정년 퇴임식 날, 예전 같았으면 많은 사람으로부터 축하의 박수를 받는 빛나는 퇴임식을 하셨을 터인데, 퇴임식 자체가 없었다니 안타깝습니다. 그동안 음양으로 많은 가르침과 도움을 받은 한 사람으로서 퇴임 축하 꽃다발조차 드리지 못하게 되었으니 많이 서운하고 아쉽습니다.

여자가 가정을 꾸리며 40년 이상 직장생활을 하시기가 그리 만만했겠는지요. 국장님께서는 퇴직 전 공로 휴가 때 시골에 홀로 계신 친정어머님을 수시로 찾아뵈면서 돌봐드리는 효녀이시기도 하지요. 그뿐인가요. 그 무렵 자제분들을 키워주시고 집안 살림을 도맡아 해 주면서 늘 힘이 되어 주셨던 시어머님이 낙상사고를 당하셨지요. 거동이 불편하신 시어머님의 끼니를 챙겨드리는 등 직장생활을 병행하셨습니다. 국장님께서 직장 생활하느라 제대로 돌보지 못한 가족에게 이제는 자신이 성심성의껏 돌봐드려야 한다는 말씀은 두고두고 저에게는 감동이었습니다.

직장에서 아래 위 중간 관리자 역할을 하시기가 어디 만만하셨을까요? 많이 힘드셨으리라 미루어 짐작만 할 뿐 가늠이 되지 않네요. 애로 사항은 얼마나 많았겠으며 국장님 자신을 위한 하지 못한 일이 얼마나 많았겠습니까? 여자 상사로서 때론 거칠기도 할 부하 직원들을 다독이며 업무 수행하기가 말처럼 쉬운 일은 아니었을 터인데도 충실하게 업무 수행을 하셨잖아요.

거동이 불편하신 시어머님의 헌신에 지금에야말로 보답해야 할 때라면서 마음 편히 몸을 추스르시도록 돌봐 드리는 일은 말처럼 쉬운 일은 아니었을 것입니다. 국장님께서는 어머니로 며느리로 그동안 마음껏 돌봐주지 못한 가족들을 위해 최선을 다하시더니, 어렵다는 공무원 시험에 큰 자제분이 합격하였습니다.

'까마귀 날자 배 떨어진다'라는 말이 있지요. 작년 오월, 스승의 날 무렵에 함께 스승님을 찾아뵙자던 친구가 갑자기 세상을 떠나는 일이 벌어졌습니다. 그때 국장님께서 발이 묶인 저를 위해 손수 운전하여 초등학교 은사님을 뵈러 가는데 대전과 연산에 데려다주셨습니다. 그 후 은사님께서는 이따금 국장님 안부를 묻고 하시면서 그 고마운 마음을 잊지 못하고 계십니다.

어느 누구에게 그런 부탁을 쉽게 할 수 있으며 그런 제 마음을 헤아려 하루를 흔쾌히 내줄 수 있는 분이 또 있을까 생각하면 국장님 고맙기가 하늘만큼 땅만큼입니다.

국장님과 연을 맺은 지가 벌써 25년이 되었네요. 제가 퇴직한 지도 어느덧 22년 세월이 흘러가고 있구요. 제가 과천 종합청사에서 근무할 때 국장님을 처음 뵐 때 생각이 납니다. 침착하시고 단정하셨던 모습이 눈에 선합니다. 그때 우리 인연이 이토록 오래 갈 줄은 몰랐답니다. 매사에 진실하신 국장님을 뵐 때면 저절로 고개가 숙어지곤 한답니다.

국장님은 제가 가요가창학회에서 함께 공부하자고 말씀드렸을 때, 망설이지 않고 등록하고 함께 공부도 하셨지요. 국장님과 같은 취미로 활동하면서 참 좋은 도반을 만났다는 생각이 듭니다. 태안 삼봉해수욕장에서 있었던 한국가요가창학 13기 지도자반 엠티에 갈 때도 국장님 덕분에 걱정 없이 다녀왔습니다. 감사합니다.

하루속히 코로나가 끝나서 즐거운 마음으로 함께 활동할 수 있는 날을 기대합니다. 정말로 감사드립니다. 배롱나무꽃이 붉게 피고 매미가 우는 시절이 돌아왔네요. 매미가 울면 찌는 여름도 다 간다고 하잖아요. 더위에 건강 잘 챙기시기 바라면서 오늘은 이만 줄일까 합니다. 안녕히 계십시오.

2021년 7월 26일

수지에서 조순영 드림

내가 나에게 쓴다

순영아!

네 남매의 맏이로 태어나 아버지 얼굴도 기억 저편에 아슴푸레한 채 어머니의 사랑과 기대를 한 몸에 받으며 살아온 삶 속엔 어머니의 한 서린 삶이 함께 버무려져 있네. 어머니는 어린 너에게 무슨 기대가 그리도 컸을까? 그건 아마도 너 하나만 잘 키워내 놓으면 동생들도 무리 없이 풀리리라는 기대 때문이 아니었을까.

어렸을 때부터 어머니를 도와 살림은 네 차지였음에도 불평 없이 일한 너였지. 어머니를 기쁘게 해 드리기 위해 열심히 공부했고, 그분은 너를 엄히 가르치셨다. 외할머니도 너를 보면서 "이놈아 네가 하나만 달고 나왔으면 네 어미가 얼마나 좋았을까?" 하시며 아쉬워하셨지. 그러나 어느 한 사람의 노력만으로 좋아질 만큼 세상은 만만하지 않다는 것을 그때 우리는 모두 몰랐다.

사람이 평생을 살면서 어떻게 시행착오를 겪지 않고 살 수 있을까. 어머니는 가랑잎 같은 성품과 약한 몸이 감당하기에 벅찬 삶을 살며 힘드셨을 것이다.

네가 서울에서 고등학교에 다닐 때 너를 찾아온 어머니의 친구에게서 그 애의 고생이 이만저만이 아니더라는 말을 듣고 어머니는 시골에 초등학교 1학년 남동생과 2학년 여동생을 남겨두고 막냇동생만 데리고 서울로 오셨다. 이듬해 네가 내려가서 동생 둘을 데리고 왔는데, 그 일이 아마도 죽은 남동생이 좋은 머리를 가졌음에도 불만 속에서 제대로 된 삶을 살지 못하다가 오십 대에 세상을 떠난 단초가 되지 않았을까 싶다.

어린 동생 둘이서 돌봐 주는 사람 없이 일 년을 살면서 얼마나 힘들었을까. 어머니의 맹목적인 처신이 우리 모두를 힘들게 했던 것이었음을 너는 뒤늦게 알았지. 그 애는 결혼이 꼭 어머니를 위해 하는 것처럼 생각했으니까. 어머니의 왜곡된 사랑으로 너는 동생들에게 본의 아니게 오해만 받으며 살았다. 하긴 너도 어머니의 욕심이 답답했는데 그 애는 어머니를 네가 조종한다고 생각했겠지. 그러다가 그 애가 떠나기 얼마 전에 너는 동생에게 "어머니의 집을 네가 갖는 게 누나의 소원이다."는 너의 편지를 받고서야 진실을 알고서 그 애 마음이 바뀌었잖아? 그 후 얼마 동안은 잠시 네 동생의 마음도 풀려서 너는 처음으로 어머니 모시기 힘들다는 푸념을 할 수 있었지. "누나! 까칠한 노인 모시기 힘든 것 알아. 그런데 내가 알아주면 되잖아?"라고 하면서 증여에 관한 절차를 알아보다가, 증여세를 낼 여력이 없자 뜻을 이루지 못하고 얼마 후에 갔잖니.

그 애 떠난 지가 벌써 5년이 지났고, 그 후 3년 만에 어머니마저 세상을 떠나셨다. 평생을 너와 함께 살면서 오랜 세월 불평 속에 사시던 어머니도 그 애가 죽자 말수가 적어졌다. 너희 부부가 그리스 터키에 여행을 간 사이에 네 남동생은 혼자 떠났어. 네 아들네 집에 친정어머니를 잠시 맡기고 여행을 간 사이에 어머니가 외손주와 싸우고 나서 '내 집에 보일러를 고쳐서 살겠다'라고 가셨다가 그 애의 주검을 어머니가 발견하신 일은 있어서는 안 되는 비극이었지. 그때 어머니의 심정이 어땠을지 가늠이 되지 않는다. 사람의 속성은 이상하게 함께 사는 자식 말은 못 믿어도 따로 사는 자식의 말은 믿는 게 부모의 마음인가 보다. 94세까지 우리 가족과 사시던 어머니는 죽어도 요양원에는 가지 않겠다고 하시더니, 어느 날 여동생에 의해 요양원에 보내졌다. 너는 네 손으로 어머니를 요양원에 보내지 않은 것이 다행이지만, 여동생은 어느 순간 가슴을 치며 후회할지도 모른다. 요양원에 계시던 어머니는 2년 만에 돌아가시기 얼마 전에 여동생을 두고 너에게, 그 애가 그럴 줄 몰랐다는 말씀을 남기셨지, 그 후 말문을 닫고 3개월 만에 주무시듯이 돌아가셨다. 미국에 이민 간 막냇동생의 청으로 용인 평온의 숲에 모셨다. 한 사람의 진실이 밝혀지기까지 참 오랜 세월이 걸렸다.

우리가 서울에서 수지로 이사 온 지 벌써 3년이 지나는 동안 어느새 너는 칠십의 중반에 들어섰어. 심혈관 질환을 앓는 아버지가 불안하다고 큰아들이 저의 집 근처로 이사하길 원해서 앞뒤 잴 것도 없이 이사하고 보니 너는 고립무원이었지. 한 곳에서 50년을 살다 왔으니까 마음을 나눌 친구도 없는 곳에서 혼자 지내기는 만만치가 않았겠지. 그때까지도 너는 너의 외로움에 대해 전혀 아는 체를 하지 않는 네 남편에 대해 원망하면서 살고 있더라. 그런데 그럴 일이 아니지?

그 사람은 너보고 항상 한 번뿐인 인생을 자신에게 집중하고 자신을 위해 살라고 했지만 왜 그랬는지는 몰라도 그때는 그 말이 네 귀에 들어오지 않았나 봐. 지내놓고 가만히 생각해 보니 잘못도 없는 그이에게 불평불만을 늘어놓아도 변하는 것은 아무것도 없었지. 네가 바뀌어야 가장 편안한 인생을 살 수 있다는 것을 뒤늦게 깨달았지 뭐니. 너는 자연히 그이에 대한 미움도 원망도 없어지고 이곳저곳 안 아픈 곳이 없다는 그이가 측은해지더라고 했어. 그래도 늦게라도 철이 들어 자신을 돌아보고 깨닫는다는 것이 현명하다는 생각이 드네.

순영아! 어머니의 삶을 통해 네가 깨달은 바는 모든 정리는 적당한 때 하는 것이 중요하다고 생각한 것이다. 가볍게 살다가 가볍게 떠날 수 있기를 바란다. 헛된 욕심은 인간에게 후회만 남긴다는 것을 절절하게 느낀다.

그리고도 종부로서도 순간순간 최선을 다해 성실히 살아온 너에게 감사한다. 설사 오늘이 생의 마지막 날이 된다 해도 후회 없이 살다 가길 바란다.

2019년 1월 21일

내가 나에게 쓴다

※ 작가 메모: 혈육에 얽힌 해묵은 이야기라 다 펼칠 수 없는 이야기가 있었음을 고백합니다.

나의 수필 쓰기

내가 글쓰기를 시작한 때가 언제였던가.

생각해 보니 초등학교 때. 의무직으로 써야 하는 국군 장병 아저씨께 보내는 위문 편지와 대통령 할아버지의 생신날에 쓴 편지. 그무렵 일기 쓰기 시작한 때가 아니었을까. 오학년 되던 해 먼 들판을 지나 멀리 다니던 초등학교에서 집 가까이에 신설된 학교로 옮겨 다니게 되었다.

중학교 때 우리 학교가 오지에 있는 한 초등학교와 자매결연을 맺었는데 그 학교 학생의 답장 속에 끼어 온 총각 선생님의 편지를 받은 후 주고받은 편지들에서 비롯되었다. 그분이 고아로 자라면서 어렵게 공부했다는 사정을 알게 되면서부터 어린 마음에 알 수 없는 동정심이 일었다.

그런 후 집을 떠나 서울에 있는 고등학교로 진학했을 때 어머니와 편지를 주고받으면서 나의 긴박한 사정이 오직 편지로 전해졌다. 어머니께 돈을 보내 달라는 말씀도, 구구절절한 어머니의 당부 말씀 또한 편지로 나에게 알려졌다. 고1 때 담임선생님이 국어 과목을 가르쳤는데 학교에서 일주일에 한 번씩 일기 검사를 받았던 관계로 필요에 의해 자연적으로 글쓰기를 쉽게 접했었을 듯싶다.

그 무렵에 문단 원로 선생님 세 분이 우리 학교에 다녀갔다. 소설가 최정희 선생과 박목월 시인, 또 한 분 소설가 김동리 선생이었다. 친구 아버지가 안수길 소설가였는데 그분들의 이야기를 들으면서 글에 대한 동경의 마음이 일지 않았을까 싶다.

본격적인 글쓰기의 시작은 고2 때 교내 백일장에서 어머니에 대해서 쓴 글이 장원으로 뽑힌 작품이 나의 글쓰기의 기폭제가 된 것 같다. 새벽이 글제였는데 어머니가 새벽부터 밤늦게까지 일하면서 우리를 길러내며 갖은 고생을 말없이 이겨냈던 안타까운 심정을 담아 쓴 글이었다. 나 자신 어린 나이에 집을 떠나 있으면서 부족함이 얼마나 많았을까. 어머니께 그리움 반 모든 것의 부족함에서 느끼는 아쉬움 반으로 이루어진 편지쓰기였다.

그 후 고등학교를 졸업하고 직장인이 되고, 결혼하고, 아이들을 낳고 육아와 직장생활을 병행하면서 바쁘게 살다 보니 자연히 글과 멀어졌다.

30년 직장생활을 눈코 뜰 새 없이 살았는데 나라에 IMF라는 위기가 닥쳐왔다. 그때가 50대 초반인 나는 정년퇴직 8년을 남겨놓고 1999년도에 명예퇴직을 하였다.

2000년도 당시 체신부 우정사업본부에서 주최한 전국 주부편지 쓰기 대회에 응모한 글이 뽑혔고, 서울시에서 1년에 한 번씩 여성주간을 맞이해 여는 대회에서 쓴 글 '한 실직자 아줌마가 선생님으로'라는 작품이 서울시 여성제언대회의 대상을 받으면서 그 해가 빛나는 해가 되었다.

처음 만난 수필가 선생님이 돌아가시고 난 다음 소설가인 친구 남편의 소개로 연이 닿은 문단의 원로 선생님인 J선생님께 오랫동안 가르침을 받았는데 선생님께서 나를 글문에 입문시켜 키워주셨다.

일찍이 아버지의 부재 속에서 자라서인지 부족함이 많았던 나는 퇴직 후에는 나와 취미생활을 함께해주리라고 믿었던 님편이 나의 기대에 미치지 못하자 그에 대한 서운한 이야기를 많이 썼다. 기대가 크면 실망이 크다지 않던가. 기대가 불만이 되어 한꺼번에 터져 나왔다.

그러나 나중에 생각해 보니 나의 욕심이 지나치게 많았음을 뒤늦게 깨닫게 되었다. 나보다 늦은 나이에 정년퇴직한 남편은 그러고도 7년을 더 배움터 지킴이로 근무한 성실한 사람이다. 남편도 하고 싶은 일이 얼마나 많았을까. 자신의 취미생활 하기도 모자라는 시간에 아내를 돌아볼 여지가 있었겠는가. 나의 남편이라는 이유 하나만으로 나에게 원망을 들으면서도 한마디 변명도 하지 못하고 고스란히 온몸으로 견디어 냈음은 오랜 시간이 지난 후에야 깨닫게 되었다.

그가 칠십이 가까울 무렵 내가 딱해 보였던지 자신의 취미나 적성과는 전연 상관도 없는 시공부하는 곳과 노래교실까지 함께 다녔지만, 그때마다 몰려오는 졸음 때문에 나 스스로 포기하고서야 원망의 마음에서 자유로워졌다. 인간의 심리를 일찍 터득한 그가 더 이상 불화의 불씨를 만들고 싶지 않아서 기회를 만들었음을 우매한 나는 알아차리지 못하고 원망만 했다.

나의 헌신에 대한 보상을 퇴직 후에 취미활동을 함께 하는 것으로 미뤘던 나. 우리는 함께 사는 동안 마음을 나누지 못해 상대방의 뜻을 알아차리지 못하고 헛다리만 짚었음을 뒤늦게 터득했다.

지금 생각해 보면 그는 합리적이고 매사 옳았음을 중심을 지나고 나서야 알아차린 나와 그동안 아내를 너무 모르고 자기식만 옳다고 생각한 남편. 이 모든 불화의 원인을 나 자신에게서 찾은 다음 자신이 바뀌고 나서야 진정한 평화가 찾아온다는 것을 우리 부부는 뒤늦게 알아차렸다. 상대방에 대한 이해와 배려. 성찰만이 해결의 실마리라는 것을 그때는 몰랐다.

20여 년을 줄기차게 수필 쓰기를 계속하는 걸 보면 아직도 나에게는 해야 할 말이 남아 있나 보다. 코로나라는 이 답답한 시간을 수필을 쓰지 않았다면 얼마나 힘들게 보냈을까. 비록 잘 쓰진 못해도 나에게 있어 글을 쓴다는 것은 아직도 내가 살아있어야 할 이유가 되지 않을까 싶다.

나는 아마도 내일도 오늘처럼 쓰고 또 쓸 것이다.

엄마 마음속에는
지금도 꿈을 꾸는 소녀가 살고 있다

남연서

아이랑 길을 가다 눈에 띄는 현수막을 발견했다.
'여성 자전거 교실 수강생모집'
현수막을 보니 갑자기 엄마가 떠올라 슬며시 웃음이 난다.

십 년 전쯤인가 예순이 넘은 나이에 갑자기 자전거 타기에 도전한 엄마. 한번 넘어지면 회복이 더딘 몸 생각은 하지 않고 호기롭게 구청에서 운영하는 자전거 교실에 등록하고 오셨다. 나는 엄마가 자전거를 타다가 넘어져서 다칠까 봐 걱정되었지만, 이미 자전거를 능숙하게 타며 자유롭게 돌아다니는 즐거운 상상에 빠진 엄마를 실망하게 하고 싶지 않아 걱정을 감추고 응원만 해드렸다.

엄마는 열심히 자전거 교실에 나갔다. 이웃에게 초등학생용 자전거를 하나 얻어 집 앞 골목에서 매일 복습도 하셨다. 때로는 아빠가 뒤에서 잡아드리기도 했고 내가 잡아드리기도 했다. 자전거를 잡아주면서 운동신경이 어쩌구 하는 타박에도 굴하지 않으셨다. 아빠나 내가 여의치 않을 때는 그냥 혼자 연습하셨는데 그때는 지나가던 행인들도 연습을 거들어주었다고 한다.

오랜 시간이 걸렸지만, 엄마는 끝내 자전거 타기를 마스터하셨고 아이용 자전거를 타고 천변을 자유롭게 활보하셨다. 아빠와 왕복 네 시간에 걸친 코스를 자전거로 완주하셨을 때 정말 대단하다고 느꼈다. 무엇보다 해냈다는 뿌듯함으로 가득한 엄마의 환한 얼굴이 아직도 눈에 선하다.

어느덧 엄마는 일흔이 훌쩍 넘었다.

엄마의 나이는 누가 봐도 노인이라고 인정하는 나이지만 엄마는 십 년 전 자전거 교실에 다닐 때와 똑같다. 여전히 배움에 대한 열정이 깊고 호기심으로 반짝인다. 목소리도 아주 밝아 에너지가 넘친다. 비록 점점 노쇠해져 가는 몸은 세월을 거스를 수 없어 생물학적으로 노인일지 몰라도 정신적으로는 아니다. 늙었다는 단어는 엄마에게 어울리지 않는다. 엄마는 늙지 않았다. 그냥 나이가 들었을 뿐이다.

내 어린 시절, 할머니가 칠순 잔치를 했을 때 할머니는 인생의 막바지에 접어든 늙고 무기력한 노인이었다. 할머니의 시간은 흐르기만 할 뿐 할머니가 시간의 주인이라는 생각은 들지 않았다.

그때의 할머니와 지금의 엄마는 나이는 비슷하지만 삶은 완전히 다르다. 엄마의 시간은 온전히 엄마를 위해 존재한다.

초고령화 시대에 진입한 요즘 사람들은 나이 듦에 대한 관심이 아주 많다. 오죽하면 멋지게 나이 들고 싶은 사람들을 위한 인생의 기술에 관한 책이 베스트셀러를 넘어 스테디셀러가 되었을까? '나는 죽을 때까지 재미있게 살고 싶다'라는 책은 2013년에 출판되어 87쇄를 찍었다.

은퇴 후에 노후를 설계하는 것은 정말 중요하다. 올해 40이 된 나는 십 년 전부터 경제적으로 조금씩 노후 준비를 해왔다. 암울하고 불안한 마음보다는 기대하는 즐거운 마음으로 말이다.

내가 생각하는 나이 듦은 즐겁고 자유롭고 충만하다. 노후에 대해 긍정적인 인식하게 된 건 모두 엄마 덕분이다. 내 노후에 대한 계획은 모두 단서가 붙는다.

나도 엄마처럼 ….

엄마는 나에게 있어 즐거운 노후의 산증인이자 노후의 완벽한 롤모델이다.

조순영 수필집

아침 산책길의
1분 데이트